KB243058

사랑이 오기로 한 자리

The   Place

Meant for Love

사랑이 오기로 한 자리

김진아 지음

자음과모음

차례

제3장 사랑이 있어 다행이라고

나는 그냥 우리가 되게 행복하면 좋겠어.

적기

오직 사랑을 주제로 한 책을 꼭 한 권 쓰고 싶었다. 사랑에 웃고 사랑에 울고 그 사람을 사랑하다 별안간 나조차 미워지며, 사랑 때문에 미칠 것 같다가도 사랑으로 인해 일상이 영화가 되는 그 모든 것에 푹 빠져 글을 쓰고 싶었다. 그 마음을 꽤 오랫동안 품고만 있었다. 그리고 문득 지금이 아주 알맞은 때라는 느낌이 들었다. 비로소 지금이 알맞고, 지금을 놓치면 다시는 이런 때가 찾아오지 않을 수도 있겠다는 두 가지 직감이 맴돌았다.

사랑을 말하기 참 좋은 요즘이라 생각하고 있다. 사랑의 경험이 적지 않게 쌓였고, 그 경험들은 일관성을 가진 채 꾸준히 다양해져왔다. 반복 안에도 새로움이 있었고, 새로움 속에서 결국 무한히 마주하는 건 내 자신이었다. 사랑 때문에 딱 죽기 직전만큼 우울한 적도 있었다가, 행복에 겨워 눈물을 쏟아낸 적도 있었다.

잠시 사랑을 쉬고 있다. 어떤 경험은 성숙이 되고, 또 어떤 경험은 후회로 남아 이제는 경험보다 안정을 골자로 한 사랑의 관계를 바라고 있다. 내가 상대의, 상대가 나의 변치 않는 안정이 되어, 이 관계를 보금자리 삼아 불안정한 세상을 조금 더 용감하고 행복하게 살아내고 싶은 마음이다.

너를 만나 나로 남은 경험들을 차분히 정리한 후 한 단계 올라선 안정된 관계로 나아가기 위해 나는 잠시 휴식을 택했다. 사랑 앞에 드러났던 나의 모습들을 복습하듯 짚어보고 싶었다. 모두에게 좋은 사람일 수 없다면 적어도 나의 상대 앞에서만큼은 언제나 좋은 사람이고 싶었다. 주관적으로 내가 너에게, 네가 나에게 가장 좋은 관계로 살아가고 싶었다.

그러니 지금이야말로 이 책을 쓰기에 가장 적기다.
이전에는 할 수 없었고, 여전히 앞으로도 할 수 없는
것. 오직 지금이기에 담아낼 수 있는 생각. 혹은 마음.
아주 열심히 사랑해왔고 다시는 돌아오지 않을 다소
안정적이고 때로 휘청이는 소중한 삶의 어느 한 단계.

*

제1장

아주 오래 사랑하기

어둠을 보지 않았다

잘될 계획만 세우면 잘못될 일이 없다. 나는 어둠을 생각하지 않았다.

나의 꿈에는 어둠이 없었다. 사실 불이 켜졌던 초는 아주 적었고, 불꽃조차 붙지 않던 초가 오히려 많았다. 정성껏 골라 설레는 마음으로 꽂아둔 초를 단 한 번 불어보지 못하고 폐기 처분해야 한다는 사실에 눈물을 쏟아낸 적도 빈번했지만, 어둠은 빛을 잡아먹지 못하고 빛은 어둠을 밝히는 법.

나는 어둠을 보지 않았다. 바라던 빛이 발현되었는가, 그러지 못했는가 그뿐이었다. 어둠이 두려워 초를

꽂지 않기에는 완성된 빛이 새하얗게 아름다웠다. 나
는 황홀을 기대하는 법을 알고 있었다.

그래서 나는 어둠이 두렵지 않았다. 두려우나 두려
울 겨를이 없었다. 그래서 숱한 두려움 속에서도 어렵
지 않게 너와의 영원을 꿈꿀 수 있다. 영원은 너를 생
각하면 생겨나는 빛이고 그 빛은 내가 끌 길이 없다.
그러니 불이 켜지지 않아도 괜찮다. 나는 너와의 새하
얀 황홀을 꿈꾸며 이미 행복했다.

되거나, 바랐거나. 나는 그뿐이다.

목련꽃 사랑하기

목련꽃으로 봄을 느낀다. 껍질을 깨끗이 벗겨놓은 바나나 속살 같은 목련. 뽀얗고 기다란 목련꽃이 봄 하늘을 가득 채운 풍경을 바라보면 이번 한 해도 무해하고 충만하게 살아가고 싶어져. 목련은 봄을 맞이하기 가장 좋은 마음을 준다.

목련을 좋아한다고 말했다가 나는 싫은데, 라는 답을 들었다. 낙화한 목련꽃이 너무 지저분하다는 것이 그 이유였다. 완숙하다 못해 썩어버린 바나나 껍질처럼 까맣고 짓물러 땅바닥을 축축하게 뒤덮은 미끄러운 목련 꽃잎을 미워하는 사람이었다.

어떤 것의 본질을 시들어버리기 전의 순간들로 기억해줄 수는 없는 걸까. 낙화의 직전까지 부단히 노력해온 시간들을 경외해줄 수는 없을까. 늙고 볼품없는 낙화의 결과 속에 담긴 발화와 개화를 애틋하게 여겨주면 안 될까. 나조차 나의 갈변을 허무해할 때에도, 너만은 변함없이 뽀얀 나의 얼굴을 매만져줄 수 있을까.

자격

너를 나에게 좀 내어주었으면 하는 날들이 있었다. 두 개의 원이 교집합을 이루듯 서서히 가까워져 언젠가 하나의 원처럼 되길 바랐다.

하나의 원을 바란 것이 아닐 수도 있다. 나는 나의 원 안에 너의 원을 빈틈없이 가두고 싶었던 것일지도 모른다.

이제 나는 네게 그저 다정한 허락을 구하고 싶다. 네가 꽁꽁 숨긴 깊은 상처를 열람할 수 있는 자격, 그리고 그것을 감히 위로할 자격, 나의 상처를 내보이고 너라는 원 안에서 비로소 진정할 수 있을 자격, 너의 일상을 나눠 갖는 사람이 될 자격, 매일 반복되는 식사와 잠을 매일 새로이 챙겨줄 자격, 너의 가까운 사람들로 하여금 너와의 대화에서 나를 빈번히 마주하게 만들 수 있는 자격, 너에게만큼은 내가 정말 좋은 사람이 되어줄 수 있을 자격, 수많은 부족함을 딛고 어디 한번 끝없이 노력해볼 수 있는 자격. 영원이라든가. 유일이라든가. 언제나와 같은 커다란 단어들을 입안에서 굴릴 때 내가 오직 너만을 생각하는 것이 당연해지는, 그런 것들에 대한, 아주 다정한, 허락 같은 것을.

노 엘리자베스 런던

또다시 히스로 공항으로 향하는 비행기 안에 앉아 이 글을 타이핑하고 있다. 3년 전에도 딱 지금처럼 런던으로 가는 비행기에 홀로 몸을 싣고 있었다. 너를 떼어내기 위해 떠났고 나를 되찾기 위해 떠나는 여행길이었다.

그 시기의 너는 먹색이었다. 네가 한 방울의 진한 먹물처럼 내게 달라붙어 있어 나는 도저히 너를 말끔히 씻어낼 수 없는 날들을 살아가고 있었다. 너를 잊었고 너와 함께 하지 않아야 한다는 것을 명확히 알고 있었지만 너의 그 한 방울을 나는 놓지를 못하고. 너는 나의 혈관을 타고 유영했다. 어느 날은 나의 마음에 어느 날은 나의 머리에 자리했다. 그래서 나는 너를 떠올렸고 너 때문에 온 마음이 새까맸다.

딱 한 번 먹물 방울에 침식되었을 뿐인데 다시는 맑은 빛으로 돌아갈 수 없는 비극의 물처럼 나는 오직 너 하나 때문에 이전의 삶으로 돌아갈 수 없는 기분에 왕왕 휩싸였다. 이미 내게는 네가 묻어버렸다. 네가 나라는 한 인격체에 경계선 없이 뒤섞여서, 때로 나는 네게 받은 영향의 결과물 없이 설명하는 내가 과연 진짜 나인지 헷갈리는 지경에 이르기도 했다. 가끔은 너를 씻어내지 못하는 것이 아니라 아직 너를 씻어내려는 의지가 부족한 것이 아닐까 생각하기도 했다. 그럴 때면 나는 내가 미치도록 원망스러웠다.

모든 특징적인 공간들은 그 공간을 대변하는 특별한 요소를 가지고 있다. 그것은 사람이 되기도 하고 음식, 음악, 그곳이 포함하고 있는 또 다른 공간이 되기도 한다. 내게 런던은 애프터눈 티 세트 그리고 그 보다 더 엘리자베스 여왕이었다. 나는 탄생의 지점부터 일평생을 영국과 그녀를 한데 묶어 바라보았다. 나의 보금자리에 가족이 있듯 그곳에 그녀가 있는 것이 불변에 가깝게 느껴졌다.

그래서 나의 첫 런던에 더 이상 엘리자베스 여왕이 없다는 사실이 꽤 큰 허무감을 주었다. 탄생만큼이나 당연한 것이 소멸이고, 내가 그곳에 간다고 해서 그녀를 만날 수 있는 것도 아니며, 여전히 런던 기념품 가게 어디에서나 엘리자베스 여왕의 얼굴을 마주할 수 있음에도 불구하고, 내 삶에 변함없이 존재할 것이라 생각했던 어떤 사람이 사라져버린 것만으로 겨울 비행기 안에서 나는 날씨만큼 휑한 기분에 사로잡혀 알콜중독자처럼 화이트와인만 쉴 새 없이 들이켰다. 술기운에 몇 차례 잠이 들었고 몇 번 네 꿈을 꾼 것도 같다. 나는 너무 순진했고, 그래서 너를 너무 쉽게 사랑해버렸고, 그 사랑이 너무 깊어졌고, 나는 너무 순진했고, 그래서 네가 내 삶에 변함없이 존재할 것이라 철석같이 믿었고, 너를 놓아야 하는 순간에도 나는 나의 사랑을 우직하게 믿었고, 나는 최선을 다했고, 나는 너무

순진했고, 그래서 우리가 함께할 수 없는 순간에도 나
는 나를 탓했다.

　홀로 도착한 런던에서 나는 유나를 만났다. 애초에
런던에 간 것도 유나와 여행하기 위해서였다. 런던에
갈 일이 있다는 유나에게 나는 충동적으로 "나도"라고
했다. 폭우가 쏟아지는 여름이었다. 며칠 고집을 부린
끝에 나는 그 겨울을 그녀와 런던에서 보낼 수 있었다.
유나는 내 가족이 아니지만, 가족 같은 사람이었다. 내
바닥까지 기꺼이 안아주는 사람. 유나라는 친구에게만
큼은 내 온 바닥을 마음 편히 내보일 수 있었다. 그때
의 나에겐 유나가 필요했다. 사랑이 전부인 내가 사랑
을 잃어도 버텨낼 수 있었던 건 어느 정도는 유나 덕분
이었다. 나는 그 아이를 통해 어떠한 우정은 우정의 통
로를 지나 사랑이 될 수 있음을 느꼈다. 객관의 기준과
주관이 기준이 버무려져 기적 같은 사랑이 느껴지는
거의 유일한 친구이기도 했다. 나는 이 대체 불가능한
존재와 런던에서 많은 추억을 쌓아갔다.

리젠트 파크에서 점심을 먹고 근처 골목을 거닐다 엘리자베스 여왕의 사진이 걸려 있는 호텔 앞을 지나게 되었다. 아. 잊고 있었다. 노 엘리자베스 런던을. 그토록 허무했는데 되려 더 허무할 만큼 나는 아무렇지 않게 나의 새로운 런던을 나의 소중한 사람과 살아가고 있었다.

나를 되찾을 수도 있겠다는 생각이 들었다. 모든 것이 변하고 어떤 것은 흘러가고 유리구슬처럼 손안에 꼭 쥐고 있던 것이 내게서 떨어져 나가고 때로는 나를 떼어내고 차라리 바닥에 떨어져 산산조각이 나버리는 선택을 불사를 때에도 나만큼은 변함없이 내 곁에 있어주었다. 내 곁에 있어주었던 것 말고 내 곁에 있어주는 것을 바라보고 싶었다. 나의 현재를 어떤 것은 새로이 어떤 것은 변함없이 채워주고 있었다. 그리고 그 가운데 내가 있었다. 먹물은 희석될 수 있다. 희석에 희석을 더하면 이내 0에 수렴되고 그럼 나는 다시 맑은 물이 될 수 있다. 나는 나의 맑은 물에 보드라운 분홍의 물감을 섞어보고 싶어졌다. 맑은 물로 오래도록 살아가도 나쁘지 않겠다는 생각도 잠시 해보았다.

　나는 그해 겨울 런던에 너라는 먹물을 두고 돌아왔다. 나의 뺨을 후려치던 너의 손길과, 죽고 못 사는 너의 친구들 때문에 빈번히 나를 버려대던 날들과, 네가 밟아버린 나의 구두와, 이럴 거면 그냥 나를 죽여버리라던 부서진 나의 모습과, 그럼에도 불구하고 서로를 놓지 못하던 미쳐버린 사랑까지 모조리 두고 돌아왔다.

런던으로 돌아가세요.
그곳엔 비가 많이 온다면서요.
— 뮤지컬 〈미오 프라텔로〉

　3년의 시간은 너라는 먹물을 0에 수렴시키고도 충분했다. 런던은 비가 많이 오는 도시였다. 나는 지금 온전한 나를 되찾은 모습으로 비행하고 있다. 나의 혈관에 잔잔한 분홍빛이 유영하고 있는 것도 같다. 부디 네게도 내가 모조리 희석되어 있기를 처음으로 바라보았다.

영원은 너를 생각하면 생겨나는 빛이고

그 빛은 내가 끌 길이 없다.

그러니 불이 켜지지 않아도 괜찮다.

나는 너와 새하얀 황홀을 꿈꾸며 이미 행복했다.

되거나, 바랐거나. 나는 그뿐이다.

자유롭게

네게 결속될수록 나는 더 자유롭다. 이 감각이 모순 같다가 이내 당연하다는 것을 깨닫는다.

우리는 서로에게 구속될수록 점점 자유로워질 수 있었다. 서로에 빗대어 마주하는 구속과 세상이 쥐여주는 구속은 같은 단어, 다른 의미였기 때문이다.

너와 형성한 우리라는 관계가 부여한 구속은 새장 같은 것이 아니었다. 이건 어떤 세상을 살아갈 때 필요한 국적 혹은 시민권과도 같았다.

이 관계가 있어서 나는 세상을 조금 덜 두려워할 수

있었다. 그 어떤 평가나 시련도 무섭지 않았다. 아니, 어쩌면 마음껏 무서워할 수 있었다. 네 곁에서 마음껏 무너져가며 조금 더 도전해볼 수 있었다. 때로 더디고 휘청이고 헤매는 시간 속에서 나 자신을 조금 덜 미워해도 되었다. 어떤 것이 진짜 나인지 여전히 모르면서도, 그래도 좀 더 솔직한 나로 살아갈 수 있었다. 인간은 원래 혼자 살아간다지만 같은 음악, 같은 영화, 같은 이야기, 같은 시간과 기억을 나눈 누군가가 곁에 있어 나는 조금 덜 외롭게 이 외로운 존재적 가치를 받아들일 수 있었다.

우리라는 날개를 달고 나는 파란 하늘을 날아다녔다. 추락하는 것은 아무래도 상관없다. 우리가 지속되는 한 나는 수없이 다시 날아볼 수 있다.

나는 네게
모든 것을 말하고 싶어

이번 책은 제목을 짓기가 유독 어려웠다. 그 어떤 제목을 붙여도 마음 한구석이 꼭 아쉬웠다.

내게는 사랑이 그랬다. 사랑, 고작 그 한 단어가 그토록 명확하다가도 별안간 모호하고 언제나 가장 입체적인 개념이었다.

한때 이 책의 제목을 '나는 네게 모든 것을 말하고 싶어'라고 붙여둔 적이 있다. 가장 오랫동안 이 책의 가제였다. 간발의 차이로 지금의 제목에 밀려났지만, 여전히 나는 사랑을 생각할 때면 어김없이 이 마음이 솟아난다. 나는 네게 모든 것을 말하고 싶다. 네게 도덕을 논할 수 있는 사람이 되고 싶다는 의미이기도 하다. 도덕은 선, 양심, 무해함, 투명함과 대체될 수 있는 의미였다. 사랑에 유독 서툴던 때, 사랑의 관계를 둘러싼 수많은 거짓과 폭력에 충격을 받은 시절이 있었다. 오늘날의 사랑은 맑고 투명할 수 없는 지경에 이르러버린 것인지, 비틀어진 거짓과 자극에 얼룩져버린 것인지 혼란해하던 시간들을 뒤로하고, 나는 그저 나의 사랑을 만들기로 했다.

나를 사랑하는 너에게 도덕을 논할 수 있는 사람이 되고 싶다.

너에게만큼은 나의 바닥까지 내보이고 싶다는 소망을 담은 것이기도 했다. 사랑이 단 하나의 소원을 들어준다면 나는. 믿음과 안정과 건강함을 기반으로 함께 나아가며 동시에 나의 바닥까지 마음 놓고 드러내 보일 수 있기를. 부디 나의 멍 자국에 두려워하지 않고 용감히 나의 손을 잡아주기를. 때로는 나의 멍에 연고를 발라주고, 멍든 나의 팔을 감싸안아주기도 하면 좋

겠다. 세상이 너무 어렵다. 사랑은 가끔 그보다 더 어
렵고. 그 모든 어려움을 딛고 찾아낸 너라는 해답에 나
는 나의 모든 것을 말하고 싶다.

여름에서 겨울까지

대책 없이 뜨거워지는 마음에 여름을 탓했다. 너를 처음 본 계절이 공교롭게도 여름이어서. 여름의 한복판이라 한 발짝만 내디뎌도 온몸이 달아오르고 숨이 턱턱 차올라서. 내가 너에 대해 뭘 안다고 이리도 빠르게 가슴이 뛰는 건 다 여름 때문이었다. 그래야 했다.

사랑 하나에 온 마음을 내어주는 성격이라, 사랑을 시작하는 것에 도리어 겁이 난다.

온 마음을 꺼내면 안 되었을 상대에게 내보였던 마음들이, 모든 것을 믿거나 맡겼던 관계가 내 손에 쥐여준 한 줌의 먼지가. 나는 나이와 함께 겁만 키워냈다.

사랑에 대한 회의라거나 불신을 키워내지 않은 것만으로도 충분히 다행이다. 안쓰럽고 기특한 마음과는 별개로 어쨌든 겁쟁이가 되어버린 사실이 안타깝다.

그래서 나는 여름을 탓했고 가을을 기다렸다. 피부에 닿는 바람이 선선해지면 숨 한 번 크게 들이켜야지. 가을바람이 심장에 닿으면 이 뜨거운 마음도 잔잔해질 테고. 그럼 이제 네가 아니면 안 되겠다는 이 맹목적인 사랑도 정신을 차릴 수 있겠지.

늦여름과 초가을이 혼재하는 저녁 땀 흘리며 서로를 마주한 어느 날이었다. 어느덧 선선해진 공기 속에서도 나는 너를 보러 가는 길에 이리도 마음이 앞서서, 빨라지는 발걸음과 차오르는 가쁜 숨에 계속 땀을 흘렸다.

뜨거운 마음을 대변하기에 턱없이 모자랐지만 어쨌든 열이 오른 나의 손이 네 손을 맞잡았다. 당신은 태생이 열이 많은 사람이라 내 손을 잡고 시원하다 한다.

나는 여전히 마침표를 찍지 않은 이 여름에 뜨거운 너의 손을 잡고 비로소 하루의 행복을 느낀다. 손 하나만으로 살아감의 이유를 되찾는다. 몇십개의 숫자를 떠안은 나의 존재론적 고민들이 너의 손 하나에 모조리 녹아내린다. 너의 얼굴을 보러 가는 내내 여전한 더위에 짜증이 나면서도 여전히 뜨거운 네 손을 도무지 놓고 싶지가 않다.

나는 네 앞에서 모든 객관성을 잃어버리고. 네 얼굴을 마주한 나의 절대적인 주관성은 긍정을 해석하고 이성을 가려버린 까만 안대가 오히려 나의 시각을 또렷이 만들어. 맑은 눈으로 마침내 행복을 찾아낼 수 있다면. 그 단어 앞에 네가 서 있다면.

우리가 우리로 가을을 맞이하지 않을 이유가. 철저히 고립된 나로 이 가을 속에서 너를 바라볼 이유가. 그 모든 이유를 차치하고 너의 손을 잡고 싶은 나의 마음까지 사랑하는 지금의 내가.

낭만 옥상

나의 집은 5층. 맞다, 이 집 남의 집이지.

나의 거주지는 5층. 남향 통창 베란다 밖으로 쏟아지는 햇살과 함께 옆 건물 옥상이 보이는 집에 살고 있다. 옆 건물 옥상이 통째 보이는 나의 집에 낭만이 굴러온다. 고작 옆 건물 초록 옥상 뷰를 커다랗게 바라보는 게 낭만이냐 싶겠지만, 옥상 아래엔 소설 『어린 왕자』 속 다섯 번째 행성에 사는 등불지기 같은 할머니가 살고, 옥상은 매일 할머니의 아침 8시를 채운다.

옥상에는 항상 무언가가 심어지고, 자라나고, 겨울 바람에 잠시 시들었다가 아무래도 사랑을 믿는 시작의 사람처럼 다시 싹을 틔우고 있다.

이곳에 이사 온 지도 3년이 지나고 있다. 3년 전 이맘때 이삿짐을 다 풀지도 않고 베란다로 나갔다가 무슨 전원생활을 시작했나 착각할 뻔했다. 옆 건물 초록 옥상을 방울토마토며 고추, 깻잎과 아주까리가 한가득 채우고 있었다. 키울 만하고 먹을 만한 것들이 누군가의 바지런한 손길을 타고 우리 집 베란다 창문까지 한가득 채워놓고 있었다. 바지런한 초록색으로 시작하는 이곳에서의 삶이 조금은 설렐 수 있었다.

손길의 주인은 아래층 할머니였다. 7시쯤 눈을 떠 부엌에서 찻물을 끓이다 보면 창밖에 참새나 까치가 가을 하늘을 날아다녔고, 그 아래 바실대는 TV 화면과 하얗게 센 곱슬머리가 한 프레임 안에 담겨 있는 창문이 보였고, 그 풍경은 정확히 8시에 일시정지 되었고, 할머니는 무릎을 짚고 일어나 그 방을 나서고, 10초 정도 기다리면 옥상 문이 열리고, 매끈하게 주름진 마른 손은 어김없이 옥상의 초록을 가꿔냈다.

할머니는 이파리를 하나하나 천천히 매만지다가 별

안간 깻잎을 머리채 뜯어냈다. 느릿느릿 섬세한 노인의 터프함을 구경하는 재미가 있었다. 아마 그것들은 식탁에 올랐을 테다. 할머니는 TV를 켜둔 작은방에 작은 갈색 식탁을 펼치고 아주 오래 함께해온 반려자를 부축해 앉히고 숟가락에 차곡차곡 올린 밥과 반찬을 할아버지의 입안에 넣어주곤 했다.

이듬해 봄과 여름까지 이어지던 초록이 멈춘 건 그해 늦가을이었다. 서늘해지는 날씨 탓이 아니었다. 사랑받는 모든 것은 티가 나는 법. 그즈음의 옥상은 사랑받지 못하고 있었다.

할아버지가 많이 아프다는 소식을 들었다. 이별을 준비해야 했다. 준비하지 않아도 다가올 이별이라, 막을 수 없으니 준비라도 해두어야 했다. 출근길 1층에서 마주친 할머니의 낯은 초록을 틔워내는 흙처럼 어두웠다. 옥상에서 보지 못한 요즘의 할머니를 땅에서 만났다. 할머니는 할아버지의 마지막 흙이 되어주고 있었다. 켜켜이 쌓아온 사랑을 모아 마지막 사랑을 틔워내는 중이었다.

어떤 이별은 마지막 순간까지 사랑과 짝을 이룰 수 있다. 사랑이 등진 이별보다 덜 아픈 이별이 될 수 있을지는 모르겠지만. 기적은 일어나지 않았고, 할머니는 담담히 이별을 겪어내었고.

한 발짝 떨어진 나는, 완연한 어른의 나이를 살고 있음에도 불구하고, 켜켜이 쌓아온 사랑도, 그 사랑을 놓는 법도 모르고.

사랑을 쌓고 쌓아 충분히 무거워지면 사랑이라는 단어가 압축되어 삶이라 발음되고. 자연스레 삶이 된 사랑이 어느 날 자연스럽게 흘러가버리는 것에 나는 여전히 담담할 수가 없어서.

사랑 앞에 인간은 영원히 어리숙할 수도 있겠다는 생각으로 올해를 맞이했다.

옥상이 다시 초록빛으로 채워졌다. 하지만 깻잎도 고추도 아주까리도 아니었다. 초가을이 되자 연보라색 꽃이 옥상을 가득 메웠다. 숟가락에 동그랗게 올려낸 따끈한 밥알처럼 동글동글 작은 꽃들이 뭉쳐 있는 모양새가 사랑스러웠다. 옥상에는 낭만이 새로이 자라고 있었다.

할머니에게 새로운 낭만이 필요했던 것 같다. 오래도록 낭만을 필요로 하지 않고 살아왔을지도 모른다. 당신도 모르는 새 가장 가까운 곳에 가장 커다란 낭만이 가장 오래도록 자리하고 있었으니까.

사랑을 두텁게 주고받은 인생은 낭만을 담고 사는 법을 아는 삶으로 완성되었다. 그러한 삶은 쉽게 무너지지 않는다. 당신의 가장 소중한 낭만이 연보라색 꽃향기로 다시 태어나고 있었다.

미의 인식에 관하여

“세상에서 네가 제일 예뻐.”

“내가 그렇게까지 예쁘진 않아.”

매번 똑같이 부정하는 모습에 답답하기는커녕 귀여움을 느끼는 나도 중증이다.

　부끄러움 때문인지, ‘제일’이라는 수식어에 쓸데없이 지나친 객관성을 지닌 성격 탓인지. 하루는 괜한 오기가 생겨 부정의 이유를 캐물었다. 부끄러움에 70퍼센트의 확률을 근원적인 성격에 30퍼센트의 가능성을 걸었다. 예전이라면 성격에 70, 부끄러움에 30을 걸었을 텐데 나를 만나는 동안 당신도 퍽 말랑말랑해진 것 같거든.

하지만 당신은 "조금 무섭다"고 했다. 이성적이고 덤덤한 네가 유약한 언어를 사용할 때면 당장이라도 너를 꼭 껴안아버리고 싶은 충동에 휩싸이다 이내 차분해진 내 마음이 너를 향한 감정적인 책임감으로 물든다. 까끌까끌한 세상에서 부단한 홀로서기를 하던 네가 꼭 나를 만나 네 안의 유약을 꺼내어 보는 것이라면.

온전한 네 모습에 반해 사랑을 시작했던 나는 "내가 아니면 이제는 덜 온전하다"는 너의 새로운 모습에 마침표의 문을 걸어 잠근다. 나는 이곳에서 빠져나가지 않을래. 그렇다면 너의 연약함은 나만의 특권. 내가 책임져야 할 너의 어느 조각. 온전한 내가 너를 만나 조금은 덜 온전해진. 대신 우리라는 단어를 온전함으로 교환할 수 있는. 나는 아무래도 후자의 온전함이 좋아.

"너 그거 콩깍지야."

주관 가득한 애정이 사그라질까 무섭다고 했다. 너를 향한 나의 사랑에서 행복과 불안을 동시에 느끼고

있었다. 나는 영원을 꿈꾸며 동시에 회의하는 사람. 그
런 자신을 때로 가여워하는 사람. 그러므로 너의 행복
과 불안을 나는 다 이해할 수 있지.

오직 너만을 향한 나의 사랑이 이토록 커다란 이유
를 나조차 설명할 길이 없어 나는 그냥 네 불안을 덜어
주고 싶어졌다. 당신이 가장 아름다운 존재인 이유를
할 수 있는 한 가장 잘 말해주고 싶었다.

나의 커다란 사랑은 이유가 없어 도리어 좋았지만
너라는 미에 대한 인식에는 뚜렷한 이유가 있었기에.
그래서 당신을 눈에 담을수록 나의 사랑은 깊어지고
나는 기꺼이 어떠한 전부를 네게 내어주며 살아가고
싶어진다.

나의 사람아, 작고 동그란 너의 이마와 뒤통수를 사
랑하고 있다. 따끈한 이마와 둥근 뒤통수로 내게 기델
때 느껴지는 온기와 마음 편한 의존을 사랑한다.

나는 너에게 사랑을 주는 사람. 나는 네가 때때로 유일히 기댈 수 있는 사람. 나는 너의 안식처. 이 모든 것을 당연히 여기고 편안하게 받아내는 너의 귀여움을 나는 사랑한다.

유독 열심히 말할 때 유독 열심히 움직이는 너의 윗입술을 사랑한다. 나를 향해 미소 지을 때 가늘게 말려 올라가는 너의 입꼬리를 사랑한다. 슬플 때 붉게 물드는 너의 콧잔등을 아리도록 사랑한다. 퍽 자주 귀 뒤로 넘겨주어야 하는 너의 번거로운 잔머리를 사랑한다. 단정하고 깊고 반짝이는 너의 눈을 사랑한다. 눈가의 옅은 선도, 마음이 말랑한 만큼 동그랗게 휘어지는 너의 눈두덩이도. 나는 네가 내게서 짜증을 느낄 때 보이는 흐릿한 세모의 눈꺼풀까지 사랑하고 있다.

이런 나에게 어떻게 네가 가장 아름답지 않을 수가.
너의 미는 너만이 가진 수십 가지 표정,
나에게만 내어보이는 너의 눈코입,
나만이 손을 댈 수 있는 온기.

그러므로 그 누구에게도 없는, 그 누구도 가질 수 없
는, 그 누구에게도 나는 필요치 않은. 오직 너를 향한
나의 끝없는 사랑의 인식.

어떤 이별은 마지막 순간까지 사랑과 짝을

이룰 수 있다. 사랑이 등진 이별보다 덜 아픈

이별이 될 수 있을지는 모르겠지만.

구슬 줄이 끊어짐

다 된 빨래를 한 덩이 꺼내 건조대에 널고 있었다. 바닥을 드러낸 세탁기 안에 작고 까만 어떤 것이 외딴섬처럼 누워 있었다.

키 링이었다. 검정색 하트. 새까만 하트 모양의 부직포 키 링. 배낭에 매달려 있던 것이 끊어진 듯했다. 퍽 자주 메던 것인데, 이 키 링이 달려 있었다는 사실을 어느 순간부터 잊고 살았다.

무신경이 키 링의 구슬 줄을 끊어냈다. 세탁된 까만 하트는 비로소 깨끗해졌지만 그 키 링을 다시 매달 마음이 없는 것이 문제였다. 아니, 더 이상 문제조차 아니었다. G와 함께 만든 키 링이었다.

형태 없는 사랑이 명확한 형태의 관계로 발전될 때 그것은 일련의 강인한 의지를 삼킨다. 강한 의지는 검정색 바탕이 되었고 우리는 그 위에 알록달록한 꿈을 얹어갔다. 같은 장식을 올리며 같은 꿈을 꾸고 있다고 생각했고, 같은 매듭을 지으며 같은 꿈을 꿀 것이라 기대했다.

가늘고 유약한 구슬 줄보다 우리라는 단어가 더 먼저 끊어질 줄 누가 알았을까. 우리가 맥없이 끊어져 너와 나라는 두 단어로 쪼개어질 때, 함께 만든 사랑의 증표를 껴안고 눈물 한 방울 흘려보내지 않게 될 줄 우리는 알았을까. 작고 보드라운 물체가 아닌 혹은 그 물체에 담긴 우리의 시간이 아니라 성의 없이 끊어진 구슬 줄로 오랜만에 너를 떠올려보는 나만의 시간을 나는 살아가고 있다.

LP

3년 전 광안리 어느 카페에서 LP라는 것을 처음 사보
았다. 그때의 Lauv를 시작으로 Tom Misch 그리고 몇
몇 영화의 OST. 가장 최근에는 Matt Maltese의 것을.
여전히 집에는 저렴한 턴테이블 하나 없이 LP판만 계
속 늘어나고 있다. 사야지 사야 하는데, 머릿속으로 되
뇌기만 할 뿐 턴테이블을 구매할 생각이 전혀 없어 보
이는 내 마음이 나조차 이따금 신기하다.

듣지도 않는 LP를 왜 이렇게 사두는 걸까. 어딘가를
걸어가며 들을 수도 없는 걸. 가끔 너무 많아져버린 생
각들이 무겁게 폐를 눌러 숨을 쉴 수 없을 때, 하염없
이 길을 걸으며 헨젤과 그레텔처럼 발자국을 따라 그

생각들을 내려놓아야 겨우 숨을 쉴 수 있는 나는 바깥 걸음을 따라오는 음악들이 너무 소중하다. 그러니까 이런 나에게 수집되고 있는 저 LP판들이 이상한 거지.

LP 전시하는 법보다 책 보관하는 법을 먼저 배운 나라서 우리 집 잡지 선반에는 LP판들이 책처럼 켜켜이 겹쳐 있다. 어느 차가운 밤, 흔들의자에 앉아 밤새 읽을 책을 고르다 가만히 있던 LP들에 눈이 갔고, 나는 먼지 쌓인 앨범 속 옛 사진들을 구경하듯 아주 오랫동안 내가 선택한 LP판들을 구경하며 밤을 지새웠다.

잊고 있던 애정을 발견했고, 각각의 LP에 묻어 있는 각각의 애정은 각각의 시기와 기억과 감정과 상태를 간직하고 있었다.

온종일 똑같은 플레이리스트만 반복할 정도로 좋아하던 노래들을 어느새 듣지 않고 있었다는 사실이 놀라웠고, 그럼에도 불구하고 다시 만난 이 노래들이 여전히 너무 좋다는 사실은 설명이 조금 어려웠다. 이 노래를 왜 잊었는지 모를 정도로 좋아하다가 이렇게 잠시 잊어야 다시금 좋아할 수 있는 것일까 싶기도 했다.

그때 그 맥락을 가지고 좋아했던 노래는 맥락을 모두 벗어던지고도 여전히 사랑스러울 수 있을지. 나는 어쩌면 잊고 있던, 조금 더 어리고 순수했던 나의 어느 날들을 노래에 묻혀 되돌아보고 있는 것은 아닌지. 너라는 사람은 더 이상 내 곁에 존재하지 않지만 이 노래들은 여전히 간직되고 있어 나는 동그란 LP에 우리의 얼굴을 담아 바라보고 있는 것은 아닌지. 그래서 그때는 없던 아릿함이 이토록 나를 부끄럽게 만드는지. 그래서 나는 LP를 사 모으는지. 그래서 나는 이것들을 들을 생각이 없는 건지. 내게 LP는 듣는 게 아니라 보는 것인지. 그래서 나는 이것들을 이토록 소중히 쌓아두다 어느 날 쏟아지듯 들추어 보며 아주 많이 아프다가 그만큼 행복해지는 것인지.

겨울의 색

겨울이 미웠다. 밉다기보단 권태로웠던 것 같다. 나는 겨울이 지루했다. 해가 짧은 것도, 그래서 어둠이 긴 것도. 알록달록하지도 초록이 가득하지도 않은 앙상한 풍경도. 새하얀 함박눈의 반나절이 지나면 순수의 희망을 짓누르듯 미끌미끌한 회색 도로가 되어버리는 것도. 그 길을 따라 서둘러 출근해야 하는 출근길도 지긋지긋했다. 눈은 희망 고문 같았다. 어차피 너도 차갑고 날카로운 얼음이 될 거면서. 왜 나에게 날아올 땐 그토록 포근한 함박눈의 형상이었는지.

생일이 겨울의 끝에 있어 나는 나의 생일을 애증했다. 유치한 마음이다. "너의 생일을 맞이하고 나면 봄이 와. 봄을 부르는 너의 생일이 좋아”라는 다정한 말에 나의 탄생일이 특별히 느껴지다가도, 생일이 다가오는 것을 사랑하는 것인지 생일이 지나가버리기를 바라는 것인지 알 수 없는 마음이 때로 시리게 아팠다. 사랑하는 것이 사랑할 수 없는 것과 함께 존재할 때 나는 어떤 태도를 취해야 하는가. 사랑을 포기하는 것보다야 사랑할 수 없는 것을 함께 안고 사랑해가는 것이 낫지. 그렇게 나는 내 생일을 사랑하기 시작했고, 너도 사랑해볼 수 있었다.

겨울의 지루함은 지하철 안에서 극대화되었다. 길에서야 크리스마스며 새해며 어떠한 특별함을 준비하는 나름의 반짝임이 존재했는데, 유독 반짝거리는 겨울의 길거리를 뒤로한 채 지하철에 몸을 얹으면 새까만 겉옷들이 빼곡히 눈에 들어왔다. 반짝이던 거리와 대비되어 지루함은 커져갔고, 때로 허무하거나 슬프기도 했다. 그렇게 오래도록 겨울을 미워하고 권태로이 살아왔다.

변함없이 새까만 이번 겨울의 지하철에서 나는 문득 '비로소 편안하다'는 생각을 한다. 까만 겉옷 안에 내 마음을 숨겨볼 수 있어서. 내 마음을 드러낸다는 것과 내 마음이 편안하다는 것이 언제나 맥락을 같이하는 것은 아니었어서. 봄여름 알록달록했던 한 겹 그 색은 고스란히 나의 마음이라.

나는 나를 한 겹 숨겨내는 겨울을 부정하면서도, 이 계절이 되어서야 비로소 안도의 숨을 내쉴 수 있던 것인지도 모른다.

겨울이 있어 봄과 여름에 마음껏 색을 칠해볼 수 있던. 그간의 상처는 겨울에 묻어낼 수 있는. 새까만 겉옷을 하염없이 바라보다 비로소 지루해지면, 그건 어쩌면 상처의 치유와도 같아서. 나는 그 모든 것을 잊어버리고 다시 순수의 희망을 드러낼 수 있게 되는.

오늘 사라질 것처럼
아주 오래 사랑하기

"환절기마다 기념일처럼 꼬박꼬박 감기를 챙기고 있다"는 농담을 너무 많이 하고 다닌 것 같다. 올겨울 감기가 마치 10주년 기념일 같다. 독해도 너무 독해.

사람 사는 게 다 똑같다지만 사람마다 참 다양한 바람과 표현의 양상을 가지고 있다는 것을 아프거나 슬플 때 문득 느끼곤 한다. 동굴이 필요한 사람이 있고 확성기가 필요한 사람이 있다. 쏟아지는 애정이 필요한 사람이 있는 반면 자신이 택한 누군가의 애정만이 필요한 사람이 있다.

나는 슬픔이나 아픔에 동굴도 확성기도 필요하지 않

다. 부정적인 상태에 잠시라도 파묻히는 것도 버겁고, 상처를 목소리나 손끝에 담아 다시 한번 되뇌는 것도 힘들다. 기쁨은 커다랗게 느껴내는 반면, 아픔에는 도리어 담담해지는 사람이 나다. 외면하는 것도 잠식되는 것도 아닌 스르르 미끄러져 금세 빠져나가고 싶은 마음이다. 하긴, 나만큼 나에게 관심 있는 사람이 누가 있겠어. 자신의 감정을 스스로 해결해내는 편이 효율적이다.

사랑에 빠진 내 모습이 신기하고 귀여울 때가 있다. 기쁨도 커다랗고 슬픔도 커다래져서. 어린아이가 양육자에게 자신의 전부를 당연히 내보이듯 내 소유의 온 감정을 나만의 상대에게 드러내게 된다. 그것이 때로 너를 버겁게 할지라도 나를 너와 나누며 살아가는 삶을 흔쾌히 허락해줄 수 있을까. 나 역시 두 명의 나를 챙겨갈게. 너의 모든 아픔 또한 너만의 것이 아니라는 뜻이야.

겨울 감기를 앓고 있는 축축한 베개 양옆으로 나의

고양이들이 누워 있다. 나를 닮아 내게만 말이 많은 두 고양이가 며칠 내내 조용히 내 곁을 지켜 주고만 있다. 작은 행위도 할 힘이 없어 두 눈만 무겁게 껌뻑이는 내 시야로 눈꽃 같은, 은빛의, 햇볕을 닮은 두 아이의 복슬복슬한 몸뚱이가 들어온다. 10년 넘게 매일 함께해 가장 익숙하고 동시에 가장 특별한 너희들의 존재만으로 나는 대체 불가능한 위로를 얻고 있다.

"오늘 사라질 것처럼 아주 오래 사랑하고 싶다"라는 생각이 뜨끈한 이마를 스쳤다.

10여 년을 매일같이 내 삶에 존재한 너희가 언젠가 나보다 먼저 사라질 것이라는 생각을 하니 열이 가득한 손바닥으로라도 너희를 쓰다듬지 않으면 안 될 것 같았다. 언제든 쓰다듬을 수 있는 너희를 언젠가 절대 쓰다듬지 못하게 될 것이라는 사실을 잊고 살면 안 될 것 같았다. 새벽의 칭얼거림, 매일 반복되는 챙김의 형상화, 나를 번거롭게 하는 행동들까지 모조리 사랑하지 않으면 안 될 것 같았다. 후회 없이 사랑해도 부족

하니 무한에 가깝게 사랑하는 수밖에 없었다.

내가 좋아하는 표현, 대체 불가능한 존재.

대체 불가능한 존재는 익숙해질수록 그만큼 특별해진다. 나는 이 가치를 잊지 않는 삶을 만들어가고 싶다. 이 가치를 잊지 않는 사랑을 할 줄 아는 사람이고 싶다.

오늘 사라질 것처럼 아주 오래 사랑해야겠다.

우리의 처음을 권태하지 않는 마음. 쌓여가는 우리의 기억마다 더 크게 감동하기를. 익숙함을 또 다른 형태의 설렘과 더 큰 특별함으로 발현시켜야지.

나에게 너라는 사람이 익숙해질 수 있는 가장 특별한 기적을 선물 받을 때, 나는 너의 익숙함을 특별함으로 바꾸어 선물할 수 있는 사랑을 오직 네게만 내어주고 싶다.

오늘 사라질 것처럼 아주 오래 사랑하기.

제2장

오늘 사라질 것처럼

난제

나는 여전히 네가 어렵다. 이제는 나의 까마득한 과거가 되어가는 중임에도.

네가 나의 현재일 때도 나는 부단히 네가 어려웠다. 사랑해서 더 어려웠다. 사랑이 명확해질수록 우리 관계에는 난제만 늘어갔다. 네가 나의 과거가 되길 바란 적도 있다. 네가 내게 줄 수 있는 영향이 오직 아득히 멀어지는 것뿐이라면 그제야 비로소 네가 어렵지 않게 될 것도 같았다. 그리고 마침내 그 바람이 이루어져 너는 하루하루 아득해지고만 있는 중이다.

그런데 왜 나는 아직도 네가 이토록 어려울까. 새까

맣게 잊어버린 날들을 살아가다 문득 여전히 뚜렷한 너를 발견하는 날들이 번갈아 반복된다. 도무지 지워지지 않는 모습들을 뒤적이다 보면 또 문득 이것들은 더 이상 네가 아닌 것 같다.

이것들은 이제 그냥 어떠한 나 같기도 하다. 내가 아끼던 시간, 처음 느낀 감정, 보다 어렸던 마음, 성장, 후회, 잃어버림 혹은 놓아버림, 그립거나 그립고 싶지 않은 그리움. 흑백의 기록 같다가 아무래도 각색되어버린 여러 가지 색채. 완전한 동그라미가 되기 위해 꼭 있어야 했던, 부서져 사라진 어느 조각.

오랜 시간이 지났음에도 나는 여전히 너를 곱씹는다. 나로 남은 너의 의미가 좋다가 너의 의미를 지울 수 없는 나의 삶이 싫어진다. 우리의 시간이 나로 하여금 더 좋은 '사랑'이 되게 만들었지만, 나는 사랑을 그런 식으로 공부하고 싶지는 않았다. 성숙에 고통이 있는 줄은 알았지만 아픔이 있는 줄은 몰랐다. 고통과 아픔은 때로 너무 다른 쓰라림이었다.

너를 생각하면 무한히 답답하다. 이제는 쓸모없는 너무 많은 감정들이 나라는 작은 사람을 모두 채우고도 남아 꿀렁이며 흘러넘친다. 나는 우리가 만든 감정의 바다에 아직도 휩쓸리고 무한히 익사하며 살아간다.

나는 이제 너를 그만 소중히 여기고 싶다. 여전히 너무 소중해서.

물들어도 좋은 사람

"'추추워'라고 말할 때마다 네 생각이 나서 슬퍼." 이별 뒤 세 달이 지난 어느 저녁 갑자기 걸려온 전화 속 전 애인은 나를 원망하며 동시에 그리워하고 있었다.

어떤 느낌이나 기분을 강조하고 싶을 때 그 단어의 첫 글자를 두 번 말하는 것은 나의 오랜 말버릇이다. 왜인지는 몰라도 가장 가까운 친구들이나 애인 앞에서만 쓰게 되는 편안한 습관이었다.

내 말버릇에 물들어서 도무지 고쳐지지가 않는다고 전화 너머 상대가 말했다. 그래서 짜증이 난다는 건지, 언어교정 비용을 반반 부담하자는 건지, 내가 보고 싶다는 건지, 그럴 수만 있다면 다시 시작해보고 싶다는 건지. 상대의 의중은 알 수 없었지만 구태여 물어보지 않았다. 책임질 수 없는 관계에 필요 이상의 궁금증을 내보이는 것도 나쁜 짓이다. 어떠한 끝은 정말 끝이어야 한다. 그렇게 통화를 마쳤다.

나라고 그런 기억이 없을 리가. 죄다 별로였지만 웃을 때 반달눈만큼은 나를 멍하게 만들 만큼 예뻤던 사람이 있었다. 그리고 언제부턴가 나는 그 사람처럼 웃고 있었다. 미세하게 바뀐 나의 웃는 표정을, 그 안면 근육 움직임의 변화를 스스로 느꼈을 때 조금 웃겼고 많이 놀랐다. 그리고 내가 그 사람을 좋아하고 있음을 인정했다. 몽땅 별로였어도, 웃는 얼굴 하나만은 너무 예뻤고. 좋아하면 닮는다고 하니까.

웃는 얼굴이 닮아간다는 이유 하나로 시작된 관계는 짧은 시간 동안 압축된 갈등과 역경을 겪고 금세 끝이 났다. 관계의 끝과 함께 웃는 얼굴도 다시 나만의 것으로 돌아왔다. 물들려다 말았다.

그래도, 아니 오히려 더, 나는 물들어도 좋을 사람을 사랑하고 싶다.

내가 되어버려도 좋을 모습. 추구했으나 미처 갖추지 못한 마음. 사랑하니까 예쁜 것이 아니라 그 자체로 반짝이는 그 사람만의 어떠한 표정, 말씨, 태도와 같은 것들.

어린아이가 양육자의 음성을 따라 옹알대듯이. 이미 다 커버려, 갈수록 내 자신의 자아와 고집만 짙어질 시간 속에서 따라갈 수 있는 것이 나의 상대 그 하나뿐이라면, 기왕이면 가장 맑고 보드랍고 사랑스러운 것을 따라 옹알대듯 닮아가고 싶다.

공항

언니, 잘 지내?

　나는 더할 나위 없이 평온히 지내고 있어. 때로 우울하기도 하고 나를 미워하기도 하는데 그보다 나를 사랑하고 행복한 마음이 훨씬 큰 삶을 안정적으로 만들어가고 있는 것 같아. 원래 삶을 둘러싼 감정이나 느낌이 무한히 출렁이고 입체적인 것이 맞잖아. 나는 그런 나의 삶이 재미있어. 그래서 수많은 출렁임 속에서도 기꺼이 내 삶을 평온하다고 표현해낼 수 있는 것 같아.

　언니, 우리는 참 평온하지가 못했다. 그렇지? 우리 둘이 함께라면 소란한 이 세상을 전부 이겨낼 수 있을 것 같았는데 정작 우리가 평온하지 못했어.

나는 언니를 그 누구보다 사랑했고 언니는 나 하나만 있다면 그 모든 것을 포기할 수도 있었는데, 결국 나는 언니를 충분히 사랑해주지 못했고 언니는 내가 울고 빌어도 포기할 수 없는 것이 있더라. 사랑을 만들어간다는 게 참 어렵다, 그렇지? 두 사람이 서로를 그토록 사랑한다는 게 둘도 없는 기적이고 행운이었는데, 그렇게 사랑함에도 불구하고 우리는 우리로 살아갈 수가 없었다는 게 말이야.

사랑을 하는 것과 사랑을 만들어가는 것 사이에 때로는 이토록 커다란 간극이 있어.

그게 우리였다는 것이 안타깝지만 어쩌겠어. 지금은 사랑하는 사람과 사랑을 잘 만들어가고 있어? 그랬으면 좋겠다. 내가 아는 언니는 안 그런 척하면서 외로움이 참 많잖아. 사랑도 많은 사람이고. 나는 언니 덕분에 사랑을 만들어갈 수 없는 사람을 사랑하지 않는 법을 배웠어. 그게 고마워. 고맙지 않기도 하고.

언니, 사실 나는 이제 언니가 나와 상관없는 사람이 되어서 다행이라고 생각하며 살아. 우리를 아쉬워하고 언니를 미워하고 원치 않게 그리워하다가도 한때는 언니가 그냥 행복하게 잘 살았으면 좋겠다 싶었는데 이제 아무래도 상관없는 사람으로 아무 상관없는 삶을 살아가고 있어. 그럼에도 불구하고 이 글을 쓰는 내가 모순되어 보일지도 몰라. 알잖아, 이 또한 어쩌면 언니가 아닌 나와 나의 대화일 뿐이라는 것을.

다시 그럼에도 불구하고 나는 언니와 딱 한 번만 더 대화해보고 싶은 마음에 종종 휩싸여. 과거에 존재했고 과거에 마무리된 우리와는 별개의 각자로 언니를 마주해보고 싶다. 이건 사랑도 아니고 그리움도 아니며 미련이나 아쉬움이지도 않은데.

한때 나를 상담해주던 원장님은 내가 언니를 어느 맥락에서 양육자처럼 남겨두고 있는 것 같다고도 하더

라. 언니는 내 세상을 넓혀주었고, 나는 여전히 그 세상 속에서 숨 쉬고 있고, 죽을 때까지 그 안에서 행복할 테니까.

내가 만들지 않은 둥지에서 독립해 나의 둥지를 만드는 새처럼 나는 언니에게서 분리되어 나만의 세상을 창조하고 있는 나를 더도 말고 딱 한 번만 보여주고 싶은 것도 같아. 언니가 전부였다가 네가 너무 하찮았다가 이제는 언니고 너고 모르겠고 그냥 알지 못하는 사람으로 떠나보내고 싶기도 한 것 같고. 떠나 보낸 지 이미 한참 되었다는 사실이 웃기지만. 알잖아, 언니가 내 세상을 넓혀주었다고 해서 언니가 항상 내 세상 어느 구석에 달라붙어 있으면 안 된다는 걸.

언니, 연남동에 갈 수 없다고 했지? 그곳을 떠올리면 내 생각으로 가득해져서. 그런데 그거 알아? 나는 더 이상 연남동을 잘 찾지 않아. 대신 다른 동네를 굉장히 사랑하고 있어. 그렇게 좋아하던 카눌레도 잘 먹지 않고, 널 보러 가느라 달에 몇십만 원씩 쏟아붓던 비행깃

값도 쓸 필요가 없고, 나의 고양이들은 너를 기억하지 못할 테고, 언니와 즐겨 듣던 힙합은 이제 귀가 아파. 완전히 다른 사람이 되어 사는 내가 지금 언니에게 이렇게 이야기한들 내가 생각하는 언니 역시 세상에 존재하기는 할까. 오늘의 언니도 아예 다른 사람일 텐데.

언니, 나는 언니를 알기 전에 '공항'이라고 하면 제주도와 해외가 전부였어. 육지에서 육지로 이동하는 국내선은 타보지도 상상이 되지도 않았다. 그런데 2년 만에 눈 감고도 비행기에서 내려 경전철을 타고 종점까지 뚝딱 갈 줄 아는 사람이 되었잖아. 나 되게 길치인데. 그곳을 구석구석 알게 될수록 언니도 잘 알게 되는 것 같아서 한때는 되게 좋았어. 머리로 알게 되고 몸으로 기억하고.

그런데 그곳에 익숙해질수록 점점 불행해지던 내 모습이 기억나. 지루했고 갑갑했고 내 취향이 아니어서 힘들었어. 그것조차 우리 같아서 우스웠어. 서로를 잘 알아갈수록 우리는 숨 막히고 아팠잖아. 그 지역에서 벗어나 서울로 돌아왔을 때, 비로소 우리를 벗어나 다시 오롯한 나로 살게 되어 말 그대로 '살 것' 같았어. 그렇게 숨을 쉬다 지금까지 살아가고 있다, 언니.

그곳을 벗어나고서도 왕왕 그 공항을 찾아. 여행으로 출장으로. 처음에는 공항이 익숙한 내 자신이 싫다가 생각해보면 언니가 아니었어도 지금쯤이면 이 공항이 익숙해질 법도 해서. 여행으로 출장으로. 그러니 모든 것을 언니와 엮는 불필요한 행동을 끊을 필요가 있겠다고 생각했어. 공항을 잘 기억할 수 있는 건 그 공항이 너무 자그맣기 때문이고, 언니가 내 세상을 넓혀주지 않았어도 내가 이런 사람이었다면 언제든 지금의 내 세상에서 살아가고 있겠지. 그렇게 생각하면 지금의 널 왜 딱 한 번만 더 마주하고 싶은 걸까, 그 또한 턱없이 불필요한 일인데 하는 생각이 들어.

이쯤 되니 내가 지금 무슨 소리를 하는지 모르겠어. 분명 위에 썼던 것처럼 '과거에 존재했고 과거에 마무리된 우리와는 별개의 각자로 언니를 마주해보고 싶

다'가 이 편지글의 시발점이었는데. 수만 가지 색이 뒤
엉켜 새까매진 글이 되었네. 맞아. 언니는 내게 그런
사람이었고 지금도 그런 사람이야. 우리는 서로에게
그런 존재고. 너무 많이 복잡하고 혼란해서 가만가만
곱씹다 보면 기분이 행보다 불에 가까워지는 사이. 말
했잖아. 노래 가사를 듣고 오면 "내가 잠시 너의 곁에
살았다는 걸"이다가도 "너무 아픈 사랑은 사랑이 아니
었음을"이라니까. 원래 삶을 둘러싼 감정이라거나 느
낌들은 무한히 출렁이고 입체적이라서 나는 보다 단순
하고 소박하게 그러나 명확히 행복한 사랑을 만들어가
고 싶어.

그래서 이 글로 언니를 마주하고 싶다는 마음에 진
짜 매듭을 지어.
정말 잘, 아니다.
그냥 알아서 살길 바라.
안녕.

고질병

나는 거지 같은 사람.

'거지 같다'의 명확한 정의가 어렵지만, 예를 들면 '거지 같은 기분'이라는 표현으로 사용될 때의 어감으로 나는 정말 거지 같은 사람.

사랑을 세상에서 가장 중요하게 여기면서 사랑을 할 때 가장 거지 같아지는 내가 싫다. 결핍의 결핍의 결핍이 쇠사슬처럼 이어진다. 결핍의 뜻은 있어야 할 것이 없어지거나 모자라다는 뜻이니까. 그럼 나는 문자 그대로도 사랑할 때 가장 거지 같은 사람인 것이다.

너를 사랑하는 방법과 너에게 사랑받는 방법을 모두
알고 있으면서 모조리 파괴해버리는 내 자신을 이해할
수 없으면서도, 도무지 이 파괴를 멈출 수 없는 나는
태초부터 이렇게 프로그래밍 되어버린 비극의 존재인
지. 이러한 인식조차 끔찍한 자위인지.

어른의 나이에 도달하고 이를 몇 번이나 덧칠하고서
도 나는 거지 같은 선택으로 사랑을 파괴하고야 만다.
긁지만 않으면 낫는다는 것을 알면서도 나는 우리의
피부를 쉼 없이 긁어대 결국 피를 보고 만다. 나의 피
부에 생채기가 나고 너의 피부에서 피가 흐르면 그것
을 우리의 공통된 표식이라고 좋아할 텐가.

고질병을 탓한다. 이쯤이면 난치보다 불치에 가깝다
고 단념해버린다. 단념은 자기합리화다. 그리하여 나는
행복해지는가. 그렇지도 않다. 나는 나에게 가장 좋지
못한 사람이다.

투병중인 나를 동정하다가 한탄하고, 고질적인 나를

이끌어 다시 사랑을 찾아 나선다. 사랑은 나의 가장 소
중한 영역이자 나의 바닥.

그러므로 나는 거지 같은 사람.

나의 피부에 생채기가 나고

너의 피부에서 피가 흐르면

그것을 우리의 공통된 표식이라고

좋아할 텐가.

나의 피부에 생채기가 나고

너의 피부에서 피가 흐르면

그것을 우리의 공통된 표식이라고

좋아할 텐가.

좋은 사람

너는 좋은 사람이야. 그래서 너와 함께할 수 없어.

　네가 너무 좋은 사람이어서 나는 너와 헤어지고 싶었다. 나는 너만큼 좋은 사람이 아니니까. 태생적으로 좋지 못한 사람이어서가 아니라 네 곁에 있는 내가 좋은 사람이 되어주지 못하고 있다는 사실이 나도 나름대로 슬펐다. 그럼에도 불구하고 여전히 너무 좋은 사람인 너에게 미안했고, 아마 나 역시 다른 누군가에게는 이보다 훨씬 더 좋은 사람일 수도 있을 것이라는 사실이, 그럼에도 불구하고 네게는 도무지 그렇게 되지 못하겠다는 사실이 갑갑하고 차가웠다.

너를 그만큼 사랑하지 못해서 미안했다. 사랑은 노력으로 될 수 있는 영역이 아니었다. 이 생각이 나를 뻔뻔하게 만들었다. 네가 나에게 주는 사랑의 크기만큼 똑같이 되돌려줄 수 없다는 사실을 나는 시간이 갈수록 뻔뻔하게 직면했다. 미안하지 않아 미안했다. 미안함이 쌓이고 쌓여 무한히 미안해져버렸다. 고작 미칠 듯한 미안함이 내가 네게 줄 수 있는 사랑의 형태였다. 미쳐버릴 만큼 커다란 감정이었지만, 네가 그딴 사랑을 받고 싶지는 않았겠지.

사랑은 노력으로 만들어낼 수 없고 노력의 어느 이상은 사랑 해야 가능해지는 것. 나의 노력은 사랑의 선을 넘지 못했고 미안함으로 얼룩진 사랑은 차라리 메말라버리는 편이 나았다.

네가 정말 좋은 사람이라는 문장은 음수를 거부한 채 말라비틀어진 내가 갈증에 시들어가는 네게 꺼낸 마지막 말이었다. 그게 무슨 소용이야. 이것은 너의 마지막 대답. 소용 있는 사랑을 하고 있어, 지금은? 하긴 우리의 안부가 우리에게 무슨 소용이야, 이제.

너는 좋은 사람이야. 그래서 네가 내 사람이라는 사실이 좋아. 내가 너의 유일한 사람이라서 행복해. 나도 네게 좋은 사람이고 싶어. 네가 좋은 사람이라 내가 좋은 사람이 돼. 너와 내가 우리라는 관계로 살아가고 싶어. 되는대로 아주 오래. 아주 많이 오랫동안.

다시는 하고 싶지 않았던 문장을 토씨 하나 다르지 않게 다시 꺼내는 내 모습에 놀랐고, 토씨 하나 다르지 않은 같은 문장을 완전히 다른 마음으로 내보이는 나에게 또다시 놀랐고, 내가 나에게 놀라고 놀라고 놀라다가 나는 이내 고개를 들어 그냥 너를 바라본다.

칼날 같은 나의 정착지가 너임을 깨닫는다. 삼각형도 무해해질 수 있음을 느낀다. 나의 삼각형까지 사랑할 수 있음을 비로소 안다. 삼각의 내가 둥근 너를 만나 그토록 꿈꿔온 모양새를 갖춘다. 로맨스 속 뻔한 클리셰는 현실에서 되레 불가능할수록 뻔해지는 것을 알고 있었다. 그러므로 꿈꿔온 클리셰의 모양으로 나의 삶이 칠해지는 것을 기꺼이 받아낸다.

너는 좋은 사람이기에, 내가 네게 좋은 사람이고, 우리 둘 사이에는 자책이 들어올 틈이 없어, 나는 나대로 너는 너대로 '좋음'에 가깝게, 우리의 맞잡은 손까지 오래도록.

가지고 싶은 것

너를 소유하지 않아야 비로소 소유할 수 있음을 안다. 너를 소유하려 할수록 내가 소유하게 되는 것은 도리어 네가 아니며, 나를 디딘 네가 더욱 자유로이 날아오를 때에야 비로소 네가 오롯이 나의 사람이라는 사실을 안다.

다만 내가 가지고 싶은 건 너의 장면들이다.

평온히 잠든 너의 속눈썹, 너조차 모르는 너의 말투, 숨기고 싶은 것인지 내보이고 싶은 것인지 쉴 새 없이 헷갈리는 너의 결핍, 그것들을 숨기거나 내보일 때 너의 이목구비, 내가 잡은 너의 손, 내 품으로 느끼는 너의 갈비뼈, 그 안에 담긴 너의 심장박동, 이유 없이 기분이 좋거나 나쁠 때 투명히 드러나는 너의 귀여운 표정, 조립한 듯 편안한 우리의 껴안음, 너의 취향을 듬뿍 담아낸 호불호와 그것을 종알거리는 내 앞의 너.

　너를 갖지 않은 채 너를 가지고, 그렇게 고스란히 살아가는 와중에 이러한 장면들만큼은 다만 내가 독점하고 싶은 마음이다.

나를 돌보는 법을 모르는

나는 오래도록 내 자신을 돌보는 법을 몰랐다.

　첫 연애의 시발점이 여기에 있었다. 스스로를 챙길 줄 모르던 나는 누군가 나를 돌봐주는 것이 좋아 그 연애를 시작했다. 나는 그 사람을 좋아한 적이 없다. 그 관계를 사무치듯 필요로 하다 마침내 그것을 사랑하게 되었을 뿐이다. 그래서 나는 그 아이를 돌보지 않았다. 돌보고 싶지 않은 이에게 받는 보살핌은 유효 기간이 짧다. 언제부턴가 나는 그 아이의 보살핌을 거부했다. 우리의 관계는 연인으로 정의되어 있었으므로 서로를 돌보지 않는 순간 그 관계는 부식될 수밖에 없었다.

언젠가 내게 사랑하는 이가 생긴 적이 있다. 여전히 나를 돌보지 못하는 시간 속에서 나는 그 사람을 보살 피기 위해 애를 썼다. 사랑하는 사람은 때로 아이 같았 다. 그러지 않아도 충분히 괜찮음에도 구태여 하나하 나 챙겨주고 싶었으니까. 문제는 그 방법을 모른다는 것이었다. 스스로를 돌보아보지 못한 이가 누구를 보 살필 수 있을까. 사랑하는 이를 제대로 돌볼 줄 모른다 는 것은 간혹 비극에 가까웠다.

그 사람을 사랑했지만 그 관계까지 사랑할 줄을 몰 라서 그 아이는 나를 떠나갔다. 나는 아주 오래도록 불 행했다. 그리고 아주 오랫동안 그 불행의 원인이 떠나 간 발자국에 있다고 믿었다. 불행은 끊임없이 죄책감 을 낳았다. 내가 고작 그런 사람이라서. 내가 그 아이 를 잘 챙겨줄 수 없어서. 내가 잘하지 못해서.

우울과 자책이 까맣게 이어지던 어느 날, 문득 그 아 이가 더 이상 생생하지 않다는 사실을 깨달았다. 그럼 에도 불구하고 나의 비극은 여전히 현재 진행형이었기에 그 불행과 망각의 간극이 혼란스러웠다. 0으로 수렴하는 것에 대해 고찰할 필요는 없어서 나는 나의 불행만을 곱씹었다. 그 사람과 함께 사라지지 않고 끈질기게 남아 있는 비극이 궁금했다.

그리고 그 모든 새까만 감정들이 나에게서 시작해 나를 향하고 있다는 것을 알게 되었다.

내가 나를 돌보는 법을 먼저 알아야 했다. 누군가의 보살핌에 의존하는 것도, 누군가의 보살핌을 얻어내기 위해 버둥거리는 것도, 나를 채우는 기분을 느끼고 싶어 대신 상대를 채우려는 마음도, 고작 나 따위가 너에게 할 수 있는 그 모든 걸 해주고도 내 탓을 하게 되는 그 어떤 과정도 아닌, 나는 나를 가장 먼저 살폈어야 했다.

우리는 사람이고 사람과 완벽이라는 단어는 공존할 수 없어서, 나와 너의 부족함이 만나 비로소 위로를 쌓아가겠지만, 그래도 일단 내 마음이 온전해야 우리가

얽혀가는 시간 속에 되레 생채기가 늘어나는 일은 막
을 수 있겠지.

　사랑이 소중하고 그 사랑이 필요해서 나는 일단 나
를 먼저 사랑해보기로 했다. 엄청 부족한 내가 엄청
부족한 나를 잘 돌보며 살다가 꼭 보살피고 싶은 사람
을 온전히 돌볼 수 있는 사랑을 만들며 살아가보기로
했다.

결핍과 사랑에 관하여

내가 선택하지 않은 삶과 관계가 나에게 불가피한 결핍들을 심어준다.

어떤 결핍은 작지만 또 다른 결핍은 거대하다. 어떤 결핍은 나의 노력으로 잘게 부술 수 있었고, 어떠한 결핍은 노력 없이 0으로 수렴되었다. 기적처럼 나타난 누군가는 나의 결핍을 집어삼킨 후 다시 바람처럼 떠나버리기도 했다. 나의 오랜 결핍을 희석시키고 떠나간 당신 때문에 어떠한 결핍은 새롭게 뿌리내려진 것을 그대는 아는지. 어떤 결핍은 나의 성장과 함께 성장해 어느 순간 나를 잡아먹기도 했다. 그것의 위에서 식도로 역행해 다시 그 입을 벌리고 탈출할 자신이 없기도 했다. 근력 부족이다. 결핍을 이겨낼 정신적 근력 부족. 그러므로 사람은 몸도 머리도 마음도 끊임없이 움직여주어야 하는 법. 모든 결핍은 한데 뭉쳐 나의 선택에 영향을 주고야 만다. 하필 그러지 않았으면 좋았을 때 왜 그 힘은 더 강해졌는지.

비자발적이었던 것들이 내게 쥐여준 결핍이 왜 빈번히 나의 추구에 반하는 사랑을 선택하게 하는가. 하고 싶지만 하지 않았고, 그러나 내 딴에는 하려 했지만 할 수 없었던 것. 보호하고 싶었으나 결국 파괴하며, 곁에 두고 싶은 존재를 기어코 밀어내 나를 철저한 외로움의 영역으로 밀어 넣는다. 나는 너를 곁에 두고 싶었다. 영원을 믿지 않는 내가 영원이라는 단어를 베개처럼 베고 잤다. 그럼 너의 꿈을 꿀 수 있었다. 그런 너마저 놓고 말았다. 그깟 결핍이 뭐라고.

나에게 결핍이 있다는 사실을 기반으로 너에게도 결핍이 있을 수 있다고 추론했으면 좋았을 텐데. 나는 나에게 결핍이 있다는 사실을 무기 삼아 네가 어디까지 나를 위해 불바다로 뛰어들 수 있는지를 시험했다. 우리가 함께하는 지금에 있지도 않은, 우리가 함께할 날들에 있지도 않을 불바다에 너를 집어넣었다. 물기 많은 네가 장작처럼 타올랐고 나는 네가 뿜어낸 연기에 질식해 지금도 검은 숨을 겨우 내쉬며 산다.

가득 찬 결핍으로 새까매진 내가 결국 나를 혐오하다 우리를 그리워한다. 네가 보고 싶다. 그때의 우리는 새하얬다. 무엇이든 그려낼 수 있었다.

하지만 먹색의 너는 우주만큼 멀어져 다시 표백되어가는 중이고, 너에게 나의 먹을 다시 건네지 않는 건 이제 너를 사랑할 수 없는 내가 너에게 건넬 수 있는 유일한 사랑이다.

나는 너를 끌어들이지 않을 것이다.

너는 그렇게 나쁜 사람이
아닐지도 모른다

네가 그렇게 나쁜 사람은 아닐지도 모른다.
그럼 너는 그냥 나에게만 나쁜 사람이었던 걸까?

내게도 네가 그리 나쁜 사람이 아니었을지 모른다는
생각이 들었다.

우리의 시작과, 그 시작의 처음과, 그 모든 과정들과
마침표까지, 곱씹을수록 너를 떠날 수 없던 나를 두고
네가 나를 떠나버린 것이 아마 내가 가진 너의 가장 커
다란 나쁨이었다는 사실을 비로소 직면한다.

어쩌면 네가 나쁜 사람이 아니라는 사실을 내가 견

디지 못하는 것일지도 모른다.

나는 네가 나쁜 사람이어야만 조금은 덜 불행해지는 건지도. 나는 네가 나쁜 사람이어야만 다시 새로운 사랑을 해볼 수 있을지도.

그러니 어쩌면 너는 그렇게 나쁜 사람이 아니었을지도 모른다.

마라도

마라도에 가기로 했다.

서울만큼 익숙할 정도로 쉴 틈 없이 제주를 찾았으나, 마라도에 갈 생각은 단 한 번도 해본 적이 없다.

이제는 마라도에 가고 싶은가. 딱히 그것도 아니다. 나는 그냥 어딘가의 바닥을 딛고 싶었다. 그곳은 내 나라의 최남단이다. 요즘의 나는 나의 바닥을 마주하고 있다. 한 사람 안에 최상과 최하의 모습이 있고, 각각의 모습은 마치 전혀 다른 인격체 같으며, 그 모습들이 그 누구보다 스스로에게 가장 큰 영향을 주고받는다는 사실을 너무 많이 느끼고 있다.

네 탓을 하고 싶지는 않지만 이건 모두 너로 인한 일이다. 아니, 어쩌면 정확히 반대일지도. 이 모든 것이 나 때문이라는 걸 알면서도 나는 죄다 네 탓을 하고 싶던 거였나. 아주 오랫동안 흐르고 있는 내 삶에 아주 잠깐 네가 담겼다가 빠져나갔을 뿐인데, 나는 왜 내 자신을 송두리째 잃어버린 것만 같은 절망감에 휩싸여 있는지 모르겠다. 나의 중심이라거나, 행복, 안정, 꿈, 미래, 의지와 같은 것들이 네게 붙어버려서 네가 나를 떠나는 그 시점에 다 함께 내게서 뚝 떨어져 나가버렸다.

마라도는 재미 없었다. 네가 없어 모든 것이 재미없다는 사실을 차치하고서도 마라도는 정말 재미가 없었다. 걷고 걷고 걸으면 끝나는 산책로가 전부였다. 한 시간 남짓이면 다 걸어버릴 수 있는 마라도의 둘레길을 두 번 세 번 네 번 걷다가 돌아오는 배 시간이 다 되어 걸음을 멈추었다. 하도 마라도를 뱅글거려 방향 감각을 잃어버린 나는 돌아가는 배가 올라가고 있는지 더 내려가고 있는 것인지 가늠이 되지 않았다.

내 나라의 최남단이라는 곳에서도 더 남쪽에 있는 풍경이 보였고, '올라가는 배편'도 지극히 인위적인 정의일 뿐이었다. 나의 '바닥'도 마찬가지겠지. 지구는 둥글고 그러므로 모든 단정은 명확하다가도 모순되며, 나는 반복될 뿐이고, 바뀌는 건 나의 마음가짐과 의식적인 인식뿐.

더 이상 바닥에 있지 않기로 했다. 바닥을 딛고 올라가겠다는 마음은 아니었다. 이곳은 나의 바닥이 아닐 테다. 나는 그냥 계속 흘러가고 싶다. 올라가고 내려가고 바랬다가 다시 짙어지고. 둥글게. 둥글게.

사랑을 만들어간다는 게 참 어렵다, 그렇지?
두 사람이 서로를 그토록 사랑한다는 게
둘도 없는 기적이고 행운이었는데,
그렇게 사랑함에도 불구하고 우리는
우리로 살아갈 수가 없었다는 게 말이야.
사랑을 하는 것과 사랑을 만들어가는 것
사이에 때로는 이토록 커다란 간극이 있어.

이 기억은 나의 것이다

어떤 노래를 듣는데 가슴이 아려왔다. 너와 들었던 노래도 아니었다. 네가 떠오른 것도 아니었다. 그럼에도 불구하고 심장이 물리적으로 시려오는 이 느낌이 너와 쌓아둔 감정적 기억에서 기인했다는 걸 내 의식과 무의식이 잘 알고 있었다.

어느 영화는 아직도 보지를 못하고 있다. 너와 헤어지던 날들 속에 개봉한 영화였다. 헤어짐에 관한 영화였고 아주 많은 사람에게 사랑받았다. 몇 년이 지난 지금도 그 영화가 세상 속에서 빈번히 회자된다. 분명히 내 취향일 그 영화를 나는 아직도 볼 엄두를 내지 못하고 있다. 역시 너 때문일 테다. 명확히 너 때문은 아닐지라도. 너로 인해 나는 가끔 인생 2막을 사는 우스운 기분에 사로잡힌다. 너를 사랑하게 되었을 때 그랬고, 너를 잃고 나서 그랬다. 새로운 인생이 펼쳐지는 기분을 느꼈고, 그 이전의 삶으로 다시는 되돌아가지 못할 기분을 느꼈다.

인간이 감히 인간의 언어로 천국과 지옥을 그려내는 것을 지양하면서 나는 고작 너 하나 때문에 천국과 지옥을 오갔다. 종교도 없는 내가 손이 닳도록 기도 했다. 너를 가지고 싶어서 혹은 너를 완전히 잃어버리고 싶어서.

그러므로 이 기억들은 나의 것이어야 한다. 내게서 떨어져 나간 너를 기억이라는 매개체로 붙잡고 있을 수는 없다. 내가 바란 삶은 늘 너와 함께였지만 그렇다고 해서 너의 환각과 살아갈 수는 없었다.

그러므로 이 기억은 나의 것이다.

이 기억은 나의 것이다 2

너를 잊어보려 부단히 노력하다가 그냥 너의 기억들과 함께 살아가기로 했다. 내가 가진 너의 기억들. 그러니까 우리에 대한 기억.

너로 인해 알게 된 사랑의 감정. 너로 인해 알게 된 사랑의 기준. 너로 인해 알게 된 사랑의 취향. 수많은 기억. 사라지거나 바뀔. 혹은 불변의.

네가 없었다면 가지지 못했을 기억들이지만 그럼에도 불구하고 이 기억은 나의 것이다.

그러므로 나의 기억들로 너를 그려내지 않을 것. 더

는 그리워하지 않을 것. 새로운 사랑에 자책하지 않을

것. 나의 기억으로 나를 살아갈 것. 사랑할 것.

이 기억은 나의 것이다 3

나의 모든 것을 사랑해주려 노력하는 한 아이 때문에 수면 아래 묻어둔 너와의 시간이 또다시 떠올랐다. 그리고 어김없이 그 시간들을 다시 한번 원망했다.

이제 막 사랑을 이야기하기 시작한 관계였다. 그 사람과 내가 사랑에 대해 논할 때, 원치 않았지만 무의식을 통해, 나는 너와의 기억들로 나의 사랑을 이야기했다. 관계의 형성부터 지속, 마침표까지. 너와 만들어낸 혹은 만들어내지 않은, 너와 만들어내고 싶었던 혹은 만들어내지 못했던, 너와는 만들지 않았어야 했던 것들로 나는 내 사랑의 취향과 가치관, 우선순위와 필요조건, 회피의 지점들을 알아낼 수 있었다. 모든 경험은 일련의 교훈을 만들어내기에 그 자체로 가치가 있다지만 나의 배움에는 네가 과하게 많았다. 나에게 너는 후회 혹은 아픔과 이어져 있었으므로 그 많은 배움으로 사랑을 이어가는 나는 때때로 아주 많이 불행했다.

나의 기억을 오롯이 소유하지 못한 채 그 아이를 바라보다 그 두 눈에 오롯이 담긴 내 모습을 마주했던 어느 밤, 너는 더 이상 네가 아니었고, 그 사람은 우리의 형상으로 내 곁에 둥지를 틀었다. 우리는 함께 나뭇가지를 모았고, 둥지에 무릎을 맞대고 앉아 따뜻한 나뭇잎을 덮고 샛노란 귤을 까먹기도 했다.

그래. 이 기억은 나의 것이다.

어떤 경험과 영향을 거쳐왔든 그것을 수용하거나 거부하고, 각색하거나 취사선택하는 것은 나만의 과정이었다. 때로 주체적이지 못했던 순간에도 모든 것은 나를 여과하여 내 안에 자리 잡은 결과물이었다.

나는 이제 오롯한 나의 모습으로 우리를 마주하고 싶다. 나의 모든 것을 여과 없이 이해하고 배워 가려는 너의 앞에서 나는 깨끗하게 소화된 나의 것만을 내보이고 싶다.

오롯이 너를 오롯하게 내가 사랑이라는 이름으로.

제3장

사랑이 있어 다행이라고

Wedding ceremony

결혼이 하고 싶다.

사전적 의미의 것이 아니다. 나는 그저 구태여 바뀔 까닭이 없는 평생의 반려를 곁에 두고 싶다. 제도적 의미의 것이 아니라 나는 그저 결혼식이 하고 싶다.

타인의 눈이 아닌 나의 눈에 여실히 보일 결합의 의식을 치르고 싶다. 글과 말과 순서가 아닌 진심과 순수로 만들어낸 약속을 하고 싶다.

오직 우리 둘만의 대형 프로젝트를 잘 이뤄내고 싶은 마음이다. 둘만의 공동 프로젝트를 계획하고 준비하고 진행하는 과정에서 상호 배타적 관계라는 맥락의 안정감과 서로에 대한 맑은 책임감이 점점 더 명확히 시각화되는 기분이다. 눈에 보이면 실감이 나고 실감이 나면 더 잘 다짐할 수 있다.

번거로움 속에 특별함이 있고, 고민 속에서 해답을 찾고, 다름을 합의하고, 우리라서 완성되는 그날의 행복을 바탕으로 앞으로의 행복들을 다짐하며 꽃과 사진과 예복으로 우리만의 작은 배를 지어 마음껏 항해하고 용감하게 휘청이며 살고 싶다.

유영

삶은 자체로 어떠한 헤엄이었다.

　나는 때로 유영하고 때로는 부유했다. 자주 자유로웠고 나머지는 불안했다. 때로 마주친 부표의 관계를 꼭 껴안고 휴식을 취했지만 평생 그곳에 머무를 수는 없었다. 껴안은 다리가 저리고 부표의 바람이 빠지기 시작하면 나는 다시 시간의 물결에 홀로 몸을 맡겼다.

　헤엄치거나 혹은 떠다니다가 너를 만났다. 비로소 유영하며 살고 싶다는 생각을 했다. 그것은 어떠한 의미로 깊은 정착이었다

결혼 상대

스물의 어느 날 이런 생각을 했다.

단 하루도 떨어지고 싶지 않은 사람과 꼬박 1년을 만날 수 없음에도 불구하고 그 사람을 그저 사랑하고 믿을 수 있을 때, 나는 그 상대와 결혼할 것이다.

갓 어른의 수식어를 부여받은 어린애가 결혼에 대해 아무것도 모르면서 이런 생각을 했다. 사랑과 신뢰가 평생의 필요충분조건이라는 걸 그 어린아이는 무엇으로 느껴냈던 걸까.

나는 여전히 이 마음을 좋아하며 살고 있다.

나의 마지막 사랑에게

나는 네게 가장 많이 보호받고 싶고, 동시에 한없이 너를 보호하고 싶다.

이곳은 우리의 집. 보금자리. 서로가 서로의 입안에 따뜻한 흰 쌀밥을 넣어주는 작고 포근한 어느 둥지.

이곳은 너와 내가 만들어낸 어떠한 시간들. 마음으로 쌓아 올린 견고한 구름의 집.

나는 너의 어린아이. 너의 온 신경을 빼앗는 단 하나의 걱정거리. 나는 너의 가장 가까운 친구, 오래도록 함께 재미를 찾아 나설 순수의 관계. 나는 너의 월요

일, 아침이자 밤 그리고 주말. 나는 너의 초침. 나는 너의 매일. 나는 너의 반려. 나는 너의 안정, 혹은 기꺼이 내딛는 불안정. 나는 너의 행복, 동시에 모든 희로애락. 나는 너의 솜털이자 가장 단단한 고목나무. 나로 집을 지어 나를 덮고 잠에 드는 너의 하루가 되길. 나는 너의 보살핌. 시간이 흐를수록 유일해지는 너의 보호자. 너의 귀, 팔, 너의 품, 너의 어른.

너는 나의 가장 작은 두 손안의 그리고 가장 커다란 등 뒤의.

나는 네게 가장 많이 보호받고 싶고,
동시에 한없이 너를 보호하고 싶다.
이곳은 우리의 집. 보금자리.
서로가 서로의 입안에 따뜻한 흰 쌀밥을
넣어주는 작고 포근한 어느 둥지.

달리기

꼬박 10년 만에 마라톤에 나갔다. 사실 마라톤은 과장이고 자립 청년 지원을 위한 러닝 행사에서 10킬로미터를 뛰고 왔다. 10킬로미터도 만만한 거리는 아니었다. 몸도 힘들었지만 정신이 더힘들었다. 한 시간 넘게 계속 뛰기만 한다는 것이 현대 사회 필수품인 가벼운 성인 ADHD 보유자에게는 꽤나 고역이다.

어쨌거나 나는 달려냈고, 10킬로미터에 한 시간 팔 분이라는 기록을 만들었다. 스스로 만족스러울 뿐 딱히 자랑할 정도는 아니라고 생각했는데 아니었나 보다.

"1킬로미터에 7분이 안 되는 속도는 진짜 잘한 거야!

게다가 너는 평소에 러닝을 하던 사람도 아니잖아!"

다음 날 회사에 출근해 옆자리 동료에게만 슥 보여
주었을 뿐인데 별안간 사무실이 시끌벅적해졌다. "말
나온 김에 다 같이 마라톤 대회에 나가자"는 외향인과
"제발 다 같이 엮지 말고 너나 하라"는 내향인의 언쟁
을 뒤로한 채 나는 어안이 벙벙했다.

"내가 잘한 거라고?"

달리는 내내 내 자신을 탓했다. 어쩜 고작 한 시간도
통째 집중하지 못할까. 어떻게 달리는 와중에도 지겹
다는 생각이 들 수가 있지. 이렇게 다리가 아프고 심장
이 펄떡이는데, 어떻게 머리로는 다른 어떤 생각이라
도 하고 싶다는 마음이 들 수 있을까.

일행은 달리는 동안만큼은 아무 생각도 하지 않을
수 있어서 좋았다는데, 나는 달리는 동안 다른 아무것
도 할 수 없어서 미치는 줄 알았다.

사실 그래서 더 빨리 달렸다. 할 수 있는 행위라고는 두 팔과 두 다리만 쉴 새 없이 움직이는 것뿐인 이 시간을 빨리 끝내고 싶어서. 힘들었던 시간을 마치고 나니 남은 건 개운한 뿌듯함과 스스로에 대한 약간의 믿음, 그리고 생각보다 잘 나온 기록이었다. 내가 미워하던 나의 조각 덕분에 나는 더 빨리 달릴 수 있었고, 살아가는 데 도움이 될 수도 있는 여러 가지 긍정적인 마음들이 그날의 기억에서 파생했다.

무엇보다 나의 단점도 어딘가에서는 결정적인 쓸모가 될 수 있을 것이란 생각이 들었다. 궁극적인 삶의 방식이 바르고 건강함을 지향한다면, 나만의 결함과 심신의 문제가 오히려 나의 매력이, 꼭 나여야 하는 이유가, 사랑받을 수 있는 중요한 요소가 될지도 모른다는 마음을 먹었다.

9월 12일 20일

서울에 너를 두고 부산에 왔다. 너 없는 여행을 너와
다녔다.

밀려오는 파도에 모래의 경계선이 지워져갔다. 우리
는 너와 나의 경계선을 지워내는 중이었다.

둘이 마침내 하나가 될 수 있을까. 그렇다면 행복은
부디 영원과 맞닿아 있기를 바랐다.

코코아

너를 생각하다 코코아를 떠올렸다. 늘 내 곁에 있는 너를 문득 생각하거나 너를 사랑하는 내 마음이 또다시 자각될 때 나는 어김없이 코코아 같은 것을 떠올린다.

가장 순수하고 맑고 달고 유치하고 포근한 것.

크림색 머그 컵에 담겨 있는 따뜻한 겨울 코코아, 눈사람, 비눗방울, 덥지도 춥지도 않은 날의 새벽 공기와 물기를 머금은 라일락.

가위바위보와 버터쿠키, 애착 이불, 네잎클로버. 초록 동산과 자전거, 돗자리, 아기 고양이.

하얀색, 우주, 그 사이 빨주노초파남보, 동그라미. 바다 수영 그리고 다시 햇살. 주황의 귤.

배드민턴과 애기똥풀.

네가 없다면 내게 이렇게 빈번히 떠오를 이유도 함께 사라져, 그것이 내가 너를 바라보는 마음임을 깨닫게 하고.

익숙하지만 익숙하지 않은 것. 영원히 소중할 것. 나를 눈물 나게 하다 결국 미소 짓게 하는 것. 미소가 눈물을 잡아먹는 것. 혹은 눈물 속에서도 미소 지을 수 있는 힘. 나를 안아주고 위로하고 무너짐 속에서 삶을 사랑하게 해주는, 살아가게 하는.

둘이 마침내 하나가 될 수 있을까.

그렇다면 행복은 부디 영원과 맞닿아 있기를 바랐다.

'보고 싶다'와 '그리워하다'

어느 낯선 곳에서 너의 메시지를 받았다. 익숙한 곳에 있는 가장 익숙한 사람의 연락이었다. 너는 내가 그립다고 했다. 역마살이 가득한 삶을 사는 사람이라 나는 미안한 마음이 들었다.

"보고 싶다고 하는 게 맞지 않아? 우리는 이별하지 않았으니까."

대체 불가능하게 사랑하고 있지만 아주 잠시 떨어져 있는 중. 특정한 미래에 다시 시간과 공간을 마음과 몸처럼 공유할 사이. 네가 선택한 그립다는 표현이 나를 불안하게 했다. 물리적으로 붙어 있지 않은 지금의 시간들이 힘들다는 것인지, 지난날의 우리를 곱씹으며 현재의 우리에 집중하지 못하고 있는 것은 아닌지, 각자의 시간과 삶을 존중한다는 말의 뒷면에 우리는 마냥 우리일 수만은 없겠다는 체념을 붙여두고 있는 것은 아닌지.

"불안해하지 마. 나는 너 없는 삶을 생각하고 있지 않아. 나는 변하지 않아. 그립다는 말은 내가 너를 너무 많이 사랑하고 있기 때문이야. 네가 단순히 보고 싶기만 한 느낌이 아니야. 나는 네가 그리워. 굉장히 사소하고 다양한 부분들을 내가 보고 듣고 느끼고 싶어 하고 있어. 말끝에 넌지시 웃는 너의 눈웃음이라거나 함께 밥을 먹으면 항상 맨 첫 숟갈을 내 입에 넣어주는 너의 다정함, 손잡으면 느껴지는 하얗고 긴 네 손의 냉기와 꿈을 이야기할 때 유독 반짝이는 눈빛, 아이같이 순수한 너의 잠꼬대까지. 나는 너를 사랑해. 그래서 너와 떨어져 있을 때면 너를 건강히 이토록 그리워해."

가장 익숙한 사람이 내어준 새로운 마음이었다. 그

런 그리움을 정의해본 적은 없었다. 어느 낯선 곳에서 나는 네가, 네가 건넨 형태 그대로, 그리워지는 기분을 느꼈다. 수없이 이어질 앞으로의 여행길에 당신이 동행해주면 좋겠다고 이야기했다. "나야 좋지"라는 대답에 웃음이 나왔다. 나는 너를 내 곁에 두고, 당신에게 최소한의 그리움만을 쥐여줄 것이다. 우리의 동행이 동반이 될 때까지.

보통의 좋음

어느 아침이었다. 여느 아침이기도 했다. 네가 나에게 커피를 내려주었다. 우리의 작은 공간에 커피 향이 커다랬다. 아침 커피를 좋아하는 나는 커피 내리는 그 간단한 행위 하나에도 취미가 없어 아침부터 카페에 다니는 취미를 만들어냈다. 커피를 잘 내리는 너는 공복에 속이 아프다면서도 이른 아침 커피 물을 끓이는 행위로 너의 아침잠을 깨워낸다.

여느 날처럼 너는 커피를 내리고, 여느 아침처럼 나는 커피를 마시고. 보통의 시간 속 보통의 것들이 너를 만나면 좋음이 된다. 나는 이 시간이 좋고, 내 시간 속에 머물러주는 너라는 존재가 좋고, 우리의 관계가 좋고, 보통의 것들이 모여 특별해지는 기분이 좋고, 쌓여가는 좋음의 기억들이 좋고, 커져가는 좋음 속에 때로 나는 나를 그리고 내 삶을 조금 더 사랑해볼 수도 있게 된다.

보통의 것들이 너 하나로 좋음이 되는 시간들이 길어질수록 너의 부재가 나의 보통을 어둠 속에 밀어 넣게 될 것을 깨닫는다. 내 삶에 고작 너 하나 사라지는 일이 더 이상 보통 일이 아님을 느낀다. 네가 쉽사리 사라지지 않을 것을 알면서도 나는 너의 부재를 상상해본다. 커져가는 안정 속에 동시다발의 불안을 키워내는 바보 같은 나는 아무래도 네가 필요한 사람.

네가 아주 오랫동안 내 곁에 머물러줄 수 있을까. 아주 오래. 오래라는 시간이 보통의 일처럼 느껴질 아주 오랫동안 꼭 네가 내 곁에서 우리의 좋음을 함께 만들어주면 좋겠다. 별다른 노력 없이. 때로는 사랑이라는 이름의 노력으로.

내가 너에게 어떤 할머니가
되어줄 수 있을까

나태한 우리를 꿈꾸나 나태한 우리로 살아갈 수 없는 숙명을 가진 우리가 어김없이 집 앞 카페에 나와 노트북 키보드를 두드리고 있는 주말이다. 어느 날은 꼭 같이 책을 읽자고 해놓고는 계획에 없던 와인 두 병에 온 저녁을 적셔버리고, 침대에서 오전을 내다버리자고 약속한 주말 아침에 번쩍 눈이 떠져 퉁퉁 부운 얼굴로 두 손 꼭 잡고 카페에 나와버리는 요즘을 살아가고 있다.

부드럽게 뒤엉킨 반곱슬 머리카락이 너를 따라 푹 자다가 다시 너를 따라 카페에 앉아 있다. 커피를 마신 너는 잠이 깼지만 너의 머리카락은 아직 잠에서 덜 깬 듯 보여, 기분 좋게 붕붕 뜨는 꼬질한 곱슬머리를 바라보다 이내 생각에 잠기는 나다.

"내가 너에게 어떤 할머니가 되어줄 수 있을까?"
말 그대로. 내가 너에게 어떤 할머니가 되어주면 좋을까.

나는 너를 할 수 있는 한 가장 많이 사랑하고 있는 것 같다. 하늘이 내게 쥐여준 사랑의 양이 정해져 있다면 나는 내가 줄 수 있는 모든 사랑의 양을 네게 쏟아붓고 싶은 것 같다. 정해진 사랑의 양이 때로 갑갑할 정도로 나는 네 손에 나의 무한한 사랑을 꼭 쥐여주고 싶은 마음이다. 이 모든 내어줌에 기꺼이라는 마음이 빠지지 않는 내가 신기할 따름이다.

나의 사람아. 나는 너를 참 많이 사랑한다. 너를 너무 많이 사랑하다 보니 때로 나는 이토록 미성숙해져 그냥 한없이 네게만 집중하며 산다.

그러면 어느새 소란하던 세상이 고요해지고 모든 그

림이 사라져 나의 세상에는 새하얀 도화지에 두 개의 점이 선이 되려는 듯 손을 잡고 있다. 그것은 너, 그 옆에 나.

하나뿐인 나의 사랑아. 나는 감히 이렇게 네 곁을 책임지며 살아가고 싶다고 생각한다. 너의 외로움을 껴안고 너의 결핍을 채우고 네 품에 안기고 너의 등을 쓸어주며, 영원에는 못 미치더라도 평생이라는 단어에 나를 끼워 넣고 싶은 마음이다. 그러면 너는 더 이상 외로움의 극한에 있을 필요가 없겠지. 네 곁에 항상 내가 있어주어야지. 당신은 두 손이 허전한 기분은 더 이상 느끼지 않아도 되는 삶을 살아갈 거야. 내가 그렇게 만들어줄게.

나와 다른, 나를 닮아가는 네가 어떤 삶을 살아가고 싶은지 듣고 싶다. 그러면 그 곁에서 내가 너에게 어떤 할머니가 되어줄 수 있을까?

나와 다른, 나를 닮아가는 네가
어떤 삶을 살아가고 싶은지 듣고 싶다.
그러면 그 곁에서 내가 너에게
어떤 할머니가 되어줄 수 있을까?

표지

타지에서 사진을 공부하고 있는 친구와 함께 브라이턴을 찾았다. 주머니에 카메라를 세 개씩 넣고 다니는 사람이었다. 50킬로그램이 채 되지 않는 몸으로 그 많은 카메라를 어떻게 하루 종일 들고 다니는지. 사랑에 기반한 의지는 힘을 갖는다. 하루에 사진을 몇백 장씩 찍는 사람이었다.

그녀가 있는 나라로 향하기 몇 달 전, 책 표지에 들어갈 사진을 찍어줄 수 있냐고 부탁한 적이 있다. 늘 그래왔듯 나와 함께하는 여행길 중간중간 찍은 사진들을 공유해주는 것으로 충분하다고 말했지만 그녀는 완벽주의자였다. 내가 말해둔 몇 곳을 모조리 찾아다녔다.

사전 답사라고 하며 수십 장의 사진을 보내주었다. 잔잔한 초록의 공원들이었다. 공원이 많은 나라였다. 연못도 있고 백조도 있고 장미도 있고 무엇보다 초록이 많았다.

사랑을 고찰하다 보면 분홍과 노랑, 하얀색과 검정을 지나 초록으로 귀결되는 기분이 든다. 나는 초록의 사랑을 가장 안정적인 사랑의 지점이라고 여긴다. 불변의 편안함 속에 무한히 반복되는 새로움과 변화의 조각들. 초록은 사랑이었다.

가장 이상적인 사랑을 시각화하면 낭만적인 공원이 되지 않을까. 사랑에 빠져버리는 마음처럼 인위로 어찌할 수 없이 뒤덮은 초록의 공간 사이사이 가장 편안하고 행복하기 위한 노력이 자리하고 있다. 나무 벤치, 가로등, 작은 연못과 피크닉 존. 무의식의 운명과 의식적인 노력이 조화된 공원에서 나는 사랑을 써 내려가고 싶었다. 브라이턴에는 마땅한 공원이 없었다. 우리의 후보지들은 죄다 옆 도시에 있었고 우리는 그저 목적 없는 휴식을 취하기 위해 이곳을 찾았다. 명확한 목적이 없으면 머리와 마음이 유연해진다. 항상은 아닐지라도. 유연은 자유에 기반하고, 자유 속에서 우리는 생각치 못한 해답을 왕왕 찾아내곤 한다.

나는 조식을 먹고 수영을 하고 욕조에 뜨끈한 물을 받아 몸을 뉘었고, 타지에서 사진을 공부하고 있는 친구는 아침 바다를 걸으며 마음껏 사진을 찍고 돌아왔다. 쪼글쪼글해진 손가락으로 청사과를 먹고 있는데 문을 박차고 들어온 그녀가 내게 아침 바다를 보여준다.

파도. 파도 사진이었다.

정신없이 부서지는 파도가 하얗다가 흐리고, 초점마저 흔들리고 있는 파도 사진. "아무래도 조금 무서워 보이지?"라고 말하는 친구의 말을 끊다시피 "아니?"라는 대답이 터져 나왔다.

아니. 평화로워. 너무나도.

내가 찾던 표지 사진이 바로 이런 것이 아니었을까 하는 생각에 머리가 멍했다. 내가 쓰고 있는 사랑 책은 이런 것이었다. 나는 왜 그간 잔잔한 초록의 공원만을 담고 싶어 했던가. 왜 그런 것만이 사랑의 이상향이라 생각했을까. 두 사람이 만들어가는 온전한 사랑의 종착지는 딱 이런 모양새의 파도이지 않을까.

온전한 사랑이 부재하여 불안했다. 열심히 달려보아도 혼자서 힘을 내는 데에는 한계가 있었다. 사랑을 나누고 추억을 쌓고 우리만의 유행어를 만들며 살고 싶었다. 세상이 뾰족할 때 나는 더 잘게 부수어졌다. 생겼다가 무르익었다 사라지는 사랑에 나의 모든 것을 내어주는 것은 더욱이 불안했다. 출렁이는 세상을 홀로 출렁이니 수면 마취라도 한 기분에 사로잡혀 살아갔다. 취한 기분 같기도 했다. 알딸딸한 외로움을 견디려 나는 그리 술을 마셨는지도 모른다.

온전한 사랑에 몸을 뉘이고 마음을 내보이니 비로소 불안 속에 평온했다. 홀로 우뚝 서 세상을 직면하며 살아왔으나, 둘이 만들어가는 사랑 속에, 나는 뾰족한 세상을 견뎌낼 필요가 없었다. 때로 나는 차갑고 아픈 세상에 마음껏 등을 돌려 내 사람의 따뜻한 품에 안겨 잠들면 그만이었다. 세상이라는 파도에 몸을 맡길 때에도 나는 사랑의 손을 잡고 사랑을 안고 사랑에 안겨 나아갈 수 있었다.

세상의 모든 불안은 너와 함께라면 이겨낼 가치가 있었고, 아니면 죄다 내던지고 너와 단순한 하루를 만들어가면 그만이었다. 우리의 모든 계기는, 과정은, 목표는, 의미는 우리 안에 있었다.

비록 이 책의 표지로 내 친구의 파도 사진이 담기지는 못했지만 나는 여전히 이 사진을 자주 들여다보고 아주 많이 좋아하고 있다. 감히 욕심을 내어 살아가는 동안 변함없이 이 사진을 평화로이 바라보고 싶은 마음이다. 파도 사진을 보며 불안해할 필요가 없는 삶을 살아가고 싶다. 안온하고 평화로운 어떤 두 사람의 사랑을 차곡차곡 만들어가고 싶다는 마음과도 같다.

변화

이 책에 담긴 모든 글 조각은 각기 다른 나이를 가지고 있다. 몇 년에 걸쳐 써왔다는 말이다. 사랑을 담고 있는 책이고, 아무래도 사랑에 에세이라는 장르를 더하면 직간접적인 경험이 기반이 되기 때문에. 여태 써온 책들과 달리 유독 요동치는 모양새가 재미있기도 하고 조금은 안쓰럽기도 하다.

오락가락, 들쑥날쑥, 일정하지 않음.

책에 담긴 「유영」 혹은 바로 에필로그 「표지」와 같은 사랑을 지향하고 있고 다짐하고 있으나 '사랑'이라는 것을 단어 그대로 통째 뭉쳐두고, 아무런 주관 없이 먼 발치에서 지켜보면 '사랑'은 말 그대로 오락가락 들쑥날쑥 일정치가 않다.

사랑 책을 써야겠다 다짐한 순간 가장 먼저 적었던 프롤로그 「적기」를 이제 와 다시 읽어보니 간밤의 아득한 꿈만 같다. 사랑을 쉬고 있어 사랑을 쓸 수 있겠다 생각했고, 사랑을 써 내려가기 위해 이대로 잠시 쉬어야겠다 생각했다.

'적기'라는 제목이 두고두고 마음에 든다. '사랑'이라는 하나의 단어를 두고 제각각의 감정과 사랑 혹은 관계 속에서 제각기 다른 '적기'가 있다는 것이 사랑을 더욱이 기적처럼 만들고 때로는 그토록 어렵게도 만든다. 그래서 우리는 사랑이라는 단순한 것에 이토록 혼란해하는 것일지도 모른다.

적기라는 글자를 뒤집으니 기적이 된다. 적기의 우리가 만나 적기가 아닌 것들을 맞추고 이겨내고 노력하고 겪어내면 마침내 우리만의 기적을 만들 수 있겠지. 적기는 운명일 수도 운명보다 더 큰 운명이 아니기도. 나는 너와 운명적인 관계인 것도 좋고, 노력으로 일구어낸 인위의 관계인 것도 좋다. 모든 것이, 너라는 존재 하나만으로, 기적이다.

과거의 나를 미래의 내가 동의하지 않을 수도 있다는 사실, 그러므로 현재의 내가 미래의 나를 너무 많이 자신하지는 않아야 한다는 말을 좋아한다. 현재에 마음껏 집중해볼 수도 있고, 미래의 내가 더욱 용감히 유연해질 수도 있어서.

사랑을 더 깊이 노래하기 위해 사랑을 쉬어야겠다 생각했지만 책을 써 내려가는 동안 몇 번의 관계가 의미 없이 혹은 조금의 의미를 남긴 채 스쳐갔고, 이 책을 마무리하려는 지금 나는 그 언제보다 깊은 사랑을 만들어가고 있다. 내게는 무척 신기한 경험이었다.

마음껏 사랑에 대해 솔직하고 싶어 사랑을 하고 싶지가 않았다. 우울했던 관계에 지독히 우울해지고, 후

회와 미련도 뚝뚝 떨어뜨려보고, 애틋한 기억을 할 수 있는 한 가장 애틋한 단어들로 표현하고 싶었으니까. 현재의 사랑을 곁에 두고 직간접적인 지난 경험들을 되새김질하며 사랑 글을 쓴다는 것이 내게는 상상할 수 없는 일이었다. 지난 '소재'들이 아무리 중요한들 '현재'의 사랑보다 중요할 수는 없다. 사랑을 논하기 위해 나의 사랑에 서운함을 묻히고 싶지는 않았다.

그러나 사랑이 사람 마음대로 되는 일이 아니듯, 기적처럼 나타난 너를, 적기가 아니라는 이유로, 사랑하지 않을 수는 없었다. 그렇게 나는 과거의 결심을 어렵게 동시에 용감하게 부수어버렸다.

신기하게도, 너라는 사람과 만든 우리라는 사랑 안에서 나는 더욱이 마음껏 사랑을 노래할 수 있었다. 네가 없을 땐, 사랑에 대한 불안과 우울과 결핍을 적어나가다 그것들에 잠식되어 며칠 밤을 휘청이기도 했다. 나의 글에 내가 영향을 받아 다시는 건강하고 포근한 사랑의 둥지를 만들 수 없을 것만 같았다. 사랑에 실패

한 사람이 된 것 같았다. 그 마음을 반복하면 나는 이내 사랑을 손끝에 담을 자격이 없는 사람이 된 것도 같았다. 그것이 나를 너무 많이 힘들게 했다.

내게 사랑은 가장 큰 낭만이지만 동시에 현실적인 목표이기도 했다. 맑고 밝은 사랑의 지향을 담아낼 때면 끝없이 행복하다가도 별안간 아득해졌다. 이것이 나의 현실이 아니게 되면 어쩌지.

이토록 아름다운 사랑을 오직 손끝에서만 간질간질 굴리고 다만 차곡차곡 만들어내지는 못하는 사람이면 어떡하지.

나에게 네가 생기니 맑고 밝은 사랑의 지향에 너를 함께 담아내볼 수 있었다. 그럼 적어도 나의 마음이 아주 많이 편안해졌고 너라는 현실에 사랑의 목표를 붙여볼 수도 있었다. 사랑과 사람이 내 곁에 함께 존재해주니 삶이 더할 나위 없이 만족스러워졌다. 그토록 어려운 사랑이 이토록 단순했다.

너를 이 책에 명시하고 싶지 않았다. 너인 글과 네가 아닌 글을 구분하고 싶지 않다는 것은 손톱만 한 핑계고, 부끄럽지만 두려움 때문이었던 것 같다.

나의 삶에 네가 존재하다 어느 순간 사라질까봐. 너는 사라졌는데 나의 글에 영원히 네가 남아 있어 나는 사랑 속에 너를 완전히 분리하지 못하며 살아갈까 봐. 너와의 영원을 만들어가려는 나의 의지에 혹여나 '박제함'에 대한 후회를 만들지 않으려는 두려움이 영향을 미칠까 봐.

그렇게 네가 없는 너의 글들이 몇 조각 들어 있는 이 책을 마치려는데 도무지 개운하지가 않다. 완성된 책 속에 담긴 사랑이 미완성인 마음이다.

그래.
아무래도 나는 이 사랑 책에 너를 내보이고 싶은 것 같다. 앞으로의 어느 날에 우리가 함께할 수 없게 된다고 하여 지레 너를 지워내고 싶지는 않은 것 같다.

나는 언제나 사랑 앞에 솔직했고 너를 이곳에 나직
이 새기고 싶은 것 또한 나의 솔직한 사랑이다. 그래서
다 완성된 책에 에필로그가 하나 더 생겼다. 그것이 이
글이다.

그 모든 불확실성과 불안을 뒤로한 채 우리를 감히
영원에 가깝게 만들어보고 싶다는.

나의 의지를 담아.
사랑하는 S에게.

사랑이 오기로 한 자리
© 김진아, 2026

초판 1쇄 인쇄일 2026년 2월 6일
초판 1쇄 발행일 2026년 2월 13일

지은이　　　김진아
사진　　　　문수아
펴낸이　　　정은영
책임편집　　김지수 유지서
편집　　　　정사라 권지연 이주연 윤가영 김송희
디자인　　　전세린
마케팅　　　이언영 임동렬 임병천 박채윤
저작권　　　신은혜 김현영
제작　　　　홍동근

펴낸곳　　　(주)자음과모음
출판등록　　2001년 11월 28일 제2001-000259호
주소　　　　10881 경기도 파주시 회동길 325-20
전화　　　　편집부 (02)324-2347 경영지원부 (02)325-6047
팩스　　　　편집부 (02)324-2348 경영지원부 (02)2648-1311
이메일　　　편집부 munhak@jamobook.com 저작권 ip@jamobook.com

ISBN　　　　978-89-544-7344-6 (03810)